講談社文庫

風神雷神(上)

柳 広司

講談社

目次

風の章

雷の章（下巻）

風神雷神

風の章

一　醍醐の花見

前日までのぐずついた天気がうそのように、朝から青空がひろがる恰好《かっこう》のお花見日和《びより》となった。

――さすがは天下人。お天道様《てんとさま》までお味方されなさる。

そんな聞こえよがしなお追従《ついしょう》があちらこちらから聞こえてくる。

慶長《けいちょう》三年（一五九八年）三月十五日。

時の天下人・太閤秀吉《たいこうひでよし》の肝入《きもい》りで開催された〝お花見〟は、これはしかし、もはや〝お花見〟と呼ぶのをためらわれるほどの一大イベントであった。

会場となったのは京都伏見醍醐寺《ふしみだいごじ》。

この日のために七百本余りの桜が吉野《よしの》の山から運ばれ、総門《そうもん》から仁王門《におうもん》につづく参道筋はじめ、山の斜面を利用した変化の多い醍醐寺境内《けいだい》各所に移し植えられた。

招待客は千三百人と伝えられる。

千人を超える花見客――。

それだけでも大変なものだ。

が、この数にはさらに含みがある。

主催者である秀吉、秀頼《ひでより》を除けば、招待客名簿に見られる男性名は前田利家《まえだとしいえ》ただ一人。

その他の招待客はすべて女性ということだ。さらに、各々《おのおの》の女性招待客には複数の女官が付き添っている。

真言宗小野流《しんごんしゅうおのりゅう》寺院、ふだんは仏道修行の場である醍醐寺境内は、花見当日数千人もの女たちであふれかえった。

秀吉はしかも、招待客に対して会場での二度の衣裳《いしょう》替えを要求している。

人とは衣裳である。

というみもふたもない言い方があるが、その理屈でいけば二度の着替えで招待された女たちの（見かけの）数は三倍にふくれ上がる。

この日のために整備された醍醐寺の広い境内には、招待客を楽しませるさまざまな工夫が凝らされていた。

即席の茶屋（こんにち言うところのパビリオン）が八ヵ所。それぞれで舞楽《ぶがく》が演じられ、あるいは茶の湯や聞香《ぶんこう》、立花《りつか》、歌会などが催《もよお》されていた。

花見の道筋には緋毛氈《ひもうせん》が敷かれ、境内のあちこちに立て置かれた金屏風《きんびょうぶ》がうららかな春の日差しをあびてきらきらと輝いている。満開の桜が丹塗《にぬ》りの柱に映《は》えて、ため息がでるほど美しい……。

花見好き、派手好きで知られる秀吉の、まさに面目躍如《めんもくやくじょ》といったところであろう。晴れたのは偶然。

秀吉という男が持って生まれた運だ。もっとも、よほどの強運の持ち主でなければ、いっかいの草履取《ぞうりと》りが天下人にまで成り上がれるはずもない。

醍醐寺三宝院門跡《さんぽういんもんぜき》・義演《ぎえん》のこの日の日記には「お花見はつつがなく執《と》り行われ、太閤殿はたいそう満足してお帰りになられた」（一部意訳）という記述が見られる。

「醍醐の花見」として後世に語り継《つ》がれるこの日のイベントには、歴史の表舞台には登場しない多くの人々が関わっていた。

いわゆる裏方衆《うらかたしゅう》だ。

前代未聞の規模で執り行われた醍醐の花見が「つつがなく執り行われ」、天下人・太閤秀吉に「満足してお帰り」いただくためには、見えない場所ではたらく裏方たちの途方もない気配りと努力が必要であった。

たとえば、吉野の山から植え替えられた七百本余りの桜を花見当日に合わせて咲かせるために費やされた当時の庭師たちの苦労と工夫は、ほとんど想像を絶する。

女たちの衣裳替えの世話、食事、飲み物。塵芥《ちりあくた》、排泄物《はいせつぶつ》の処理だけでも馬鹿にならなかったはずだ。

限られた空間に必要な品を間断《かんだん》なく提供し、不要となったものを客人の目につかぬ場所にただちに撤収する。

〝目に見えない存在〟として働いていた者の延べ人数は招待客の数をはるかに上まわる。


醍醐の花見が行われたこの日。

華やかな宴《うたげ》の陰で裏方の者たちが慌ただしく走りまわるなか、喧噪《けんそう》から取り残されたように一人ポツネンと佇《たたず》む若者がいた。

かすりの小袖《こそで》に地味な紺無地の袴《はかま》。当時の平均的な町衆の服装だ。墨《すみ》で描いたようなすらりとした眉《まゆ》。よく見れば、目も鼻も造作のはっきりした端整な顔だちだが、まぶたが眠たげにぽったりと腫《は》れたように見える。そのせいか、どこか間の抜けた、茫《ぼう》洋《よう》とした感じが否《いな》めない。

本堂の庫裏《くり》ちかく、招待客の視線を遮るために置かれた屛風の陰で、若者は肩の力を抜き、顎をあげて、糸のように目を細めて空を見上げている。

「ぼん……ぼんさん……若旦那！」

背後から声をかけられて、若者はゆっくりと振り返った。目の焦点がすぐには定まらない。二、三度目をしばたたいたあとで、ようやく我に返ったようすで口を開いた。

「ああ、喜助《きすけ》」

「〝ああ、喜助〟や、おまへんがな」

喜助は心底うんざりしたように言った。

「このクソ忙しいのに、こないところで何ぼうっとしたはるんどす」

「なに、いうて……」

若者は眉を寄せ、左右を見まわして、首をかしげた。自分でも、何をしていたのか思い出せないらしい。

「今日はお店《たな》の一大事でっせ。しっかりしてもらわんと」

喜助はそう言って、両手で持っていたお盆状の大きな板を若者の胸もとにぐいと押しつけた。板の上に所狭しとならんでいるのは、扇《おうぎ》だ。十数面はあるだろうか。開いた扇の面には、いずれも絵や文字が描かれている。

「ほなら、これ、むこうのお茶屋さんにお届けっちゅうことで。頼みましたぇ」

扇をならべた板を胸の前に捧《ささ》げ持ち、あぶなっかしい足取りで歩み去る若者の背中を見送って、喜助は小さくため息をついた。

（エエかげん、しっかりしてもらわんと）

この数日、何度おなじため息をついたかわからない。

喜助は上京小川《かみぎょうおがわ》に見世《みせ》（店）をかまえる扇屋「俵屋《たわらや》」の一番番頭《ばんとう》だ。その喜助には、ぼんが──芒洋とした顔つきの、いつも何を考えているのかわからない若者が、この先俵屋の主人となって店を切り盛りしていく様を、どうしても思い描くことができないのだった。

いや、なにもいまに始まったはなしではない。

店の大旦那、俵屋主人・仁三郎《にさぶろう》が、

「今日からうちの子や」

そう言って、手を引いて連れてきた子供を店の隅からのぞきみて、

(大丈夫かいな)

と首をかしげて以来、早いもので十数年になる。

若い頃に流行病《はやりやまい》で妻を亡くした仁三郎は、その後は後添《のちぞ》えも娶《と》らず、鬢《びん》に白いものが交じる歳まで独り者をとおしていた。店の跡継ぎをどうするのか周囲が心配していたところ、ある日、見知らぬ子供を引っ張ってきて、

「この子を養子にして、うちの店を継がせます。みな、よろしゅうお頼みしますぞ」

と、いつにない笑顔で店の者たちに申しわたしした。

──本家の末息子で、名は伊年《いねん》という。

突然のことに戸惑っていた店の者たちは、仁三郎のこのことばを聞いて、はじめてなるほどと頷いた。

同じ屋号を掲げる本家「俵屋」は、西陣《にしじん》に大きな見世をかまえる老舗《しにせ》の唐織屋《からおりや》だ。織屋（着物）と扇屋（扇）は切っても切れない間柄である。大店《おおだな》である本家との関係を考えれば、悪い話ではない。しかし——。

店の者たちは主人・仁三郎の背後で顔を見合わせ、無言で目配せをかわした。

将来、扇屋「俵屋」の跡を継ぐべく本家から連れて来られた男の子は、さっきから一言もしゃべらない。

見たところ、歳は六つか、七つ。商家の子供ならば、とっくに店の手伝いをしている年齢だ。おべんちゃらの一つも言って周囲を喜ばせるすべを学んでいてもおかしくはない。

男の子は無言のまま、芒洋とした顔つきでぼんやりと前を見つめている。まぶたの下の細い目は、どうかすると眠っているのではないかと疑われるほどだ。

大丈夫かいな。

そのとき首をかしげたのは、喜助一人ではなかったはずだ。

本家から養子にきた男の子は、ひとまず周囲から〝ぼん〟もしくは〝ぼんさん〟と呼ばれることになった。

京にかぎらず、関西ではひろく子供のことを〝ぼん〟と呼ぶ。もともとは「坊《ぼう》」の語が訛《なま》ったもので、当時は男児女児どちらにも使われていたようだ。

しばらくして、使いに出た店の小者が本家の手代《てだい》からいささか気になる話を聞いてきた。本家ではみな、伊年のことを、

――少し足りないのではないか。

と陰で噂していたというのだ。

言葉を話しはじめるのが異常に遅かった。ばかりでなく、その後も周囲の大人たちの言うことにまともに反応しない。なにか言うと、ぼんやりした顔でじっと見つめかえされる。親の顔を不思議そうに見つめかえす末息子を、本家では「もてあまし気味だった」という。

俵屋仁三郎がいったいいつから本家の末息子を養子にしようと目をつけていたのか、正確なところよくわからない。

本家のもてあまし者――親からも店の者からも放っておかれることの多かった伊年は、気がつくと職人たちが働く作業場の隅で絵を描いていた。いや、「絵を描く」というと語弊《ごへい》がある。唐織屋の大店で育った伊年は、着物の柄となる様々な図案・図版を、反古《ほご》となった紙切れの隅にかたっぱしから写し描いていたのだ。四つや五つの子

供が、放っておくと何刻《なんとき》でも図案を写し描いて飽《あ》きなかった。

ある日、本家を訪れた俵屋仁三郎は、わき目もふらずひたすら図案を写し描きする伊年に目をとめ、しばらく眺めていた。そして、その足で「あの子を養子にいただきたい。うちの店を継がせたい」と申し入れたという。

本家の方では仁三郎の申し出に戸惑った。

唐織屋の家業は上の息子たちが継ぐことになっている。末っ子の伊年を養子に出すこと自体に異存はない。

本家のとまどいはむしろ、本当に伊年で良いのか、という点だった。ここだけの話、あの子は少し足りないところがある。放っておけば、いつまでも着物の柄を写し描きしている。あの歳になってまだ他人との受け答えひとつ満足にできない。

本家の打ち明け話に、仁三郎は呵々《かか》と笑った。

それで充分だという。

扇は、着物などに比べれば極めて面の小さい商品だ。いきおい、単純な図案にならざるを得ない。限られた面に、限られた図案をどう配置するか。それには持って生まれた感覚が必要だ。

見たところ、幼い伊年が写し描きした図案には配置の妙が感じられる。それこそが扇屋にとって必要な才であり、この才は世にめったにあるものではない。

「客あしらいみたいなもんは、あとでなんぼでも覚えられますがな」

仁三郎はそう言ってにこりと笑い、呆気に取られている本家の者たちを強引に説き伏せるようにして養子の件を承知させた。

仁三郎の目利《めき》きは、半《なか》ば当たり、半ば外《はず》れた。

長じるにつれ、なるほど伊年には図案に対する特別な、優れた感覚があることが判明した。

同じ松なら松、鶴なら鶴の図案を扇の上にならべ描いても、伊年が無造作に置き並べたものはハッとするような華やかさが出る。

なぜそうなるのか？

他の職人たちがいくら頭を絞っても理由がわからない。わからないながらも、扇を買いに来た客の反応を見れば、結果は明らかだった。

いまでは伊年がつくる扇の図案にけちをつける者は誰もいない。

その意味では仁三郎の見る目は間違っていなかった。問題は——。

客あしらいの方だ。

——客あしらいなど、あとでいくらでも覚えられる。

そう豪語した仁三郎の見立ては、しかし、見事に外れた。

養子に入って十数年。俵屋の若旦那。そろそろ周囲からそう呼ばれても良いはずだが、店の内で伊年を「若旦那」と呼ぶ者は、いまだ誰一人いなかった。

芒洋とした顔つきで、いつもぼんやりしていて、何を考えているのかわからない。いったん絵筆を持って描きはじめると、誰が呼んでも返事をしない。そのくせ、時折ひょいと顔をあげて見せる笑顔にみんなつい、つられる。伊年の笑顔を前にすると、なぜかみな目尻が下がる。「しゃあないなあ」そう言って、たいていのことは大目に見てしまう……。

だとしても、だ。

客が店に来てもぼんやりとつっ立っているばかりでお愛想ひとつ言えない若者を、対外的にはともかく、内々で「若旦那」と呼べたものではない。

ぼん。

あるいは、
ぼんさん。

いつまで経っても伊年の呼び名はそのままだ。

すでに二十歳を幾つか過ぎている。

喜助ならずとも、

――エエかげん、しっかりしてもらわんと。

である。

「ま、先のことは考えてもしゃあない」

喜助はくしゃりと顔をしかめ、思い切るように口のなかで呟《つぶや》いた。

とりあえずは今日一日だ。

天下人・太閤秀吉が主催する一大イベント「醍醐の花見」に扇を提供する機会を得たのは、ひとえに主人・仁三郎の人脈と経営手腕のたまものである。

その仁三郎は先日から体調を崩していて、残念ながら花見の会場に来ることができなかった。

現場で陣頭指揮を取るのは、建前上は若旦那・伊年——実質的には一番番頭の喜助ということになる。

やることはいくらでもあった。

花見の招待客一千三百人の女たちが二度着替えるということは、すなわち着物の柄に応じて一人最低三本の扇が必要になるということだ。

衣裳代は主催者持ち。

秀吉はそう宣言している。〝金本位制〟ならぬ〝米本位制〟をとっていた当時の貨幣価値を現在の金額に置き換えるのは容易ではないが、無理やり換算すれば、ざっと四十億円。着替えの衣裳代だけでだ。なにしろ途方もない費《つい》えである。

この衣裳代に扇の代金が含まれている。

ひとくちに〝扇〟というが、当時のひとびとがこの品をいかに重用していたのか、こんにちの感覚ではいささかとらえづらい。

この時代、扇はたんに（その語源となった）〝あおいで風を起こし、涼をとるためのもの〟ではない。

第一に、扇は手に持つことができる唯一の装飾品であった。手なぐさみ。そぞろなるもの。はかなき日常の話題の中心。現代の女性が服装に合わせて鞄を持ち替え、あるいは時計やアクセサリーを選ぶように、当時の女たちは着物（の柄）に合わせた扇選びに神経をつかっていた。

第二に、扇は各種イベントに参加する割り符の意味合いを持っている。

茶の湯の扇。歌会の扇。聞香会の扇。能の扇。蹴鞠《けまり》会の扇。

それぞれの場にもっとも相応《ふさわ》しい扇が考案された。逆に言えば、適切な扇をもっていなければ周囲からやぼと思われ、肩身の狭い思いをしなければならなかったということだ。

その他にも、薄板を要《かなめ》で綴《と》じ合わせた板扇《いたおうぎ》（冬扇《とうせん》）、竹や細い金属の骨に紙や絹布を張った蝙蝠《かわほり》（夏扇《かせん》）の別を筆頭に、形態に応じて浮折《うけおり》、中啓《ちゅうけい》、沈折《しずめおり》、雪洞《ぼんぼり》などと呼ばれるさまざまな扇が考案され、それぞれ場と用途に応じて使い分けられた。

当時は、持っている扇を見ればその人の社会的地位までわかったという。

――今日はお店の一大事。

喜助の言葉は誇張でもなんでもない。

天下人・太閤秀吉が招待した女性客一千三百人。

大口顧客がこの場に勢揃いしているということだ。

出入りの商人たちにとっては、今日の首尾《しゅび》如何《いかん》によって今後の商売の趨勢《すうせい》が決まると言っても過言ではなかった。

この日、用意された扇は数千本。和歌を書きつけるための白扇《はくせん》から、茶席、演能《えんのう》、聞香、はては金銀泥絵《きんぎんでいえ》を施した豪奢《ごうしゃ》な鑑賞用の扇まで用途は様々だ。その数千本のなかから、客人の着物の柄、参加するイベント、趣味嗜好《しこう》に合った扇を適宜《てきぎ》提供し、かつ、不要となった扇を回収する。

もちろん、俵屋単独で受けられる仕事ではない。何軒もの扇屋がそれぞれ分担を決めて動いている。それでも、さまざまなイベントが同時並行的にくりひろげられている複雑に入り組んだ醍醐寺の広大な境内すべてに目を配るだけで、気が狂うほど忙しい。

「今日一日《いちんち》くらい、ぼんにもなんとか気張《きば》って働いてもらわんと……」

そう呟いた喜助はふと、喧噪から一人取り残されたようにポツネンと佇んでいた伊年の姿を思い出して、眉を寄せた。

肩の力を抜き、顎をあげて、糸のように目を細めて空を見上げていた。

(なに見とったんやろ?)

喜助は額に手をかざし、伊年が見ていた方角を仰ぎみた。

一面の青空。

その空の一角に、春霞《はるがすみ》と見まがう、ごく薄い雲がかすかに白くたなびいている。

雲?

喜助は首をひねった。

(ほなら何かい。このクソ忙しいときに、のんびり雲見とったいうんかいな?)

振り返ると、扇をならべた大板を胸の前に捧げ持ち、あぶなっかしい足取りで歩み去る伊年《ぼん》の後ろ姿が見えた。

(ほんま、妙なお人やで)

喜助は諦めて首を振り、ため息をついた。自分の仕事に戻ろうとしたそのとき、
ザーッ。

という音とともに、一陣の突風が空の一角から降ってきた。

喜助はとっさに面を伏せ、すぐに顔をあげた。

桜の花びらを巻き込んだ桜色の風が、渦となって会場を吹き抜けてゆく。

強い風は女たちの着物の裾《すそ》を巻き上げ、あちらこちらで悲鳴とも嬌声《きょうせい》ともつかぬ甲高い声がわきあがった。

ああーっ。

聞き覚えのある声に、喜助はぎょっとして目を向けた。

視線の先で、伊年が妙な具合に体をかしげてたたらを踏んでいた。胸の前には扇をならべた大板を抱えたままだ。だが——。

「あかん、だいじな商売もんが……」

喜助は思わず情けない声をあげた。

伊年が運んでいた扇が突風に高々と巻きあげられた。

十数面の扇が、まるで生きた蝶のようにひらひらと宙をただよう。

伊年は——

ぽかんと口を開け、青空を背景に宙を舞う美しい扇に見とれている。

*

俵屋伊年。

のちに「宗達《そうたつ》」と名乗り、「琳派《りんぱ》の祖《そ》」と称えられることになる天才絵師だ。

太閤秀吉の肝入りによる前代未聞の花見の宴が行われた慶長三年春。

伊年は二十代半ばの若者であった。

まだ何者でもない。

いわば修行時代だ。

伊年はひたすら模写に明け暮れている。

この時期、伊年の興味はもっぱら織物柄や扇、染め物装飾に使われている伝統的な図案《パターン》に向けられていた。伊年はさまざまな図案を貪《むさぼ》るように描き写し、そして一度描き写したものは、けっして忘れなかった。

幼い頃からそうであったように、伊年はほうっておくと何刻でも一人で絵を描いて飽きなかった。目の前の図案や絵柄、その配置の具合しか見えなくなる。ひとたび絵筆をもつと寝食《しんしょく》をわすれて絵に没頭した。途中、誰かに呼ばれても返事すらしない。無理やり答えさせられた場合は、当然トンチンカンな受け答えとなる。

我を忘れ、時間を忘れて、ひとつのことにのめり込めること自体、一種の才能だろう。

だが、伊年が己の道を見つけ、真の意味でその才能を開花させるためには、なお時間が必要だ。

時間、プラス、何か。

二　御用絵師と絵職人

伊年は店の作業場の隅で板壁にもたれ、ひざを抱えてすわっている。

醍醐の花見の宴から帰って以来ずっと。

今日で三日目だ。

作業場の連子窓《れんじまど》から射しこむ春の光が伊年の顔を照らし、やがて動いて陰になっても、伊年の姿勢は変わらない。ただでさえ細い目をいっそう細め、うすく口をあけて、ぼんやりと宙を見つめている……。

知らない人が見れば、まるで阿呆《あほう》だ。声をかけても生返事《なまへんじ》をするだけで、どうにも頼りない。周囲で仕事をしている他の扇職人たちは毎度のことで慣れているので、

――またかいな。

と思ってほうっておいてくれるから良いようなものの、これでは本家の者たちならずとも、

――少し足りないのではないか。

と疑われても仕方がない。

さっき作業場に顔を出した喜助などは、ちょっと覗いただけで小さく首を振り、無言のまま店表《たなおもて》に戻っていった。

上京小川で扇を専門に扱う「俵屋」は、さして間口《まぐち》のひろい店ではない。表はわずか二間《にけん》。

京の町屋の多くがこのひろさだ。

鎌倉・室町時代、幕府は通りに面した間口に応じて税金（地口銭《じぐちせん》）を取り立てたため、京の商家は通りに面した間口を極力せまくし、代わりに裏にむかって細長く伸びた。いわゆる〝鰻《うなぎ》のねどこ〟状のつくりである。

俵屋でも、商品を展示し、客の対応（注文・販売）を預かる店表と、扇を製作する奥の作業場に分かれていた。

店表に立つのは番頭の喜助を筆頭に手代が三名。これに手伝いの丁稚《こども》が数名、出たり入ったりしている。

一方、奥の作業場では、常雇いの職人が三、四人。扇づくりは通常、骨、紙、絵、折り目付け、仕上げ、の分業制で行われる。繁忙期には、これに臨時雇いの絵付け職人が数名加わることもある。

伊年は「俵屋」の若旦那、店の跡継ぎだ。本来ならば喜助とともに店表でお客の対応をするなり、帳簿をつける仕事をしていなければならないのだが、もっぱら作業場にいりびたり、終日絵を描いていて、店表に顔を出すことはめったにない。

これでは店の跡継ぎどころか、絵付け職人が一人増えただけのことだ。

喜助はこれまでも、店の当主である仁三郎に、

——伊年のぼんを跡継ぎにするんやったら、店表《おもて》に出るよう言うてもらわんと困ります。

とさんざん意見してきた。

第一、お客や取引先に顔を覚えてもらわなければ商売にならない。

仁三郎は、だが、そのたびに苦笑し、「そのうち、そのうち」と言うばかりだ。

扇屋の主人・仁三郎は、伊年にとことん甘かった。

己が見込んで本家から養子にもらってきたから——といえばそれまでだが、仁三郎は伊年をまるで天から授かった大事な宝物のように扱った。伊年がやりたいということはなんでもやらせた。仁三郎が伊年を叱るところを、喜助はただの一度も目にしたことがない。

周囲の者たちには薄ぼんやりとした〝少し足りない〟としか思えない伊年《ぼん》のことが、仁三郎の目には才能豊かな、かけがえのない存在に見えているらしい。

喜助としては首をかしげるばかりだ。

なに考えとるんやろ。

そう思う。

大旦那も、ぼんも。どっちもだ。


仁三郎の方はともかく――。

伊年の頭のなかには醍醐の花見で目にした金屏風の絵がいっぱいに広がっていた。

吉野の山から運ばれた七百本余りの桜や通路に敷かれた緋毛氈、各種の茶屋などとともに、花見の宴を盛り上げる彩《いろど》りとして、醍醐寺の広い境内のあちこちに金屏風が立て置かれていた。

ただの金屏風ではない。

金地の屏風おもてに極彩色の絵具《えぐ》を用いて描いた〝濃絵《だみえ》〟と呼ばれる豪奢なしろものだ。

花見の宴を描いた「花下遊楽図《かかゆうらくず》」。

桜の下に鳥や獣たちが遊ぶ「桜遊禽獣図《おうゆうきんじゅうず》」。

京の町なみを鳥瞰図的《ちょうかんず》に描いた「洛中洛外図《らくちゅうらくがいず》」。

屏風に描かれた絵はさまざまだ。

昨今はやりの珍しい「南蛮図《なんばんず》」屏風までが引っ張り出されていた。

伊年はこの三日間、作業場の隅でひざを抱えてすわりながら、頭のなかに広げた屛風図をくり返し、なんどとなく子細《しさい》に点検した。

漢画の流れを汲《く》む鋭い筆致と細密な表現は、太閤秀吉の御用《ごよう》絵師（お抱え絵師）として今を時めく狩野《かのう》派の特徴である。豪奢なもなかにも穏やかな品を感じさせる画面構成はさすがと言うほかない。

伊年は頭のなかに広げた屛風絵を一枚一枚嘗めるように反芻《はんすう》しては、ちょうどほおが落ちるほど美味《おい》しいものを食べたような気分になる。うっとりして、つい、にやけてしまう。

いつものことだ。

見た絵をすべて貪るように食らい尽くし、頭のなかに整理して収める。

今回の狩野派の屛風絵は消化するのに少々時間がかかる。

天下人・太閤秀吉の御用絵師。

それが狩野派の肩書《かたがき》だ。

京の町で扇を商う「俵屋」の若旦那《ぼんさん》・伊年にとっては想像もつかない別世界の話である。

日本では、奈良・平安時代以降、主として宮廷ならびに神社仏閣が御用絵師と呼ばれる者たちの金主（スポンサー）となってきた。

室町時代を通じて宮中絵所預《えどころあずかり》（お抱え絵師）の地位を守ってきたのは、繊細優雅な「やまと絵」を得意とする〝土佐派《とさ》〟の絵師たちだった。

その土佐派を押しのけ、狩野派が世の中を席巻《せっけん》するにいたったのは、一人の天才絵師の活躍によるところが大きい。

狩野永徳《えいとく》。

時代の寵児《ちようじ》として「天才」の名をほしいままにした早熟の絵師だ。

永徳が二十三歳のころに描いた「洛中洛外図屏風」がいまに残っている。狩野派伝来の細かいタッチを完全に習得した上で、筆力は強固、筆勢は速度に富み、京《みやこ》のすべてを描き尽くそうというエネルギーが画面からあふれ出している。

その絵から感じられるのは、まばゆいばかりの才能だ。

時代もまたかれに味方した。

戦国乱世からいち早く一頭地を出だした織田信長《おだのぶなが》が永徳の才能に目をつけ、己の〝お抱え絵師〟として登用したのだ。

信長は若き永徳に新築したばかりの安土城《あづち》の障壁画を一任する。五層全七階。華麗な天守を頂く、わが国初の本格的な高層建築だ。

新城内壁という巨大な画面を与えられた永徳は、狩野派伝来の細かい筆さばきを惜し気もなく捨て去り、のちに大画様式《たいが》と呼ばれる独特の技法を生み出した。線描は太くのびやか。モチーフには見る者を圧倒する対象が選ばれた。まさに天才のみがなし得る大胆な方向転換だ。

永徳と信長について、次のような逸話がのこされている。

ある日、安土城の障壁画にとりくんでいる永徳を信長がふらりと訪れた。信長は絵をしばらく眺めていたが、永徳から絵筆をとりあげ、描きかけの松の枝を壁面はるかにはみ出す箇所にまで描き延ばした。信長は絵筆を投げ出し、

——どうせなら、このくらいの絵を描け。

と永徳に言い放つ。

信長の豪放な筆づかいと画面にとらわれぬ雄大な心意気《こころいき》に永徳は目の覚める思いで、

——恐れ入りました。

と平伏。このときを境に、かれ独自の大画様式を確立したというのだが——。

むろん、大うそである。

こと絵に関して信長が永徳に教えられることなど、小指の先ほどもあろうはずがない。

大画様式は、あくまで空前の大画面に取り組む永徳の天才と創意工夫のみがなしえ

た最高到達点だ。

ひろく人口《じんこう》に膾炙《かいしゃ》する料理人とのやりとりもそうだが、信長にはこの手の訛伝《かでん》が多い。信長という男には伝記作者・小説家の想像力をかきたてる何かがあるらしい。

この逸話から読み取るべきは、むしろ御用絵師としての狩野永徳の凄みだろう。雇い主（信長）の意に添いながら、己の絵をさらなる高みに押しあげる。それこそが御用絵師というものだ。プロの矜持《きょうじ》というべきか。


永徳の生涯を遠望すると、あたかも「御用絵師」という在り方に自らを同化することを目的にしていたかのように見える。

かれは長谷川等伯《はせがわとうはく》らライバル絵師をありとあらゆる手段・手づる・策略をもちいて蹴落とし、阻止し、他派の参入をけっして許さなかった。御用絵師の仕事は、狩野派とその親族のみにかぎられた。それこそが一族の繁栄をもたらし、ひいては狩野派の絵を広く世に認めさせる最善の方法だと考えていたようだ。事実、狩野派はその後長きにわたって御用絵師の立場を確保し、繁栄を謳歌する――。

永徳の悲劇は、雇い主である信長にあまりにも自らを同調させすぎたことだ。

信長という存在は、良くも悪くも時代の特異点である。だからこそ、かれは戦国乱世を制することができたのであり、もし太平の世に生まれていれば、よくて奇矯な乱暴者と疎《うと》んじられ、わるくすれば狂人として牢に押し込められて生涯を送ったにちがいない。

要するに替えがきかない、ということだ。

後世にいくつもの謎を残す本能寺の変で信長がこの世を去ったあと、永徳は秀吉からひきつづき御用絵師として召し抱えられた。

時代はまさに一大築城ブームであった。

聚楽第《じゅらくてい》。伏見城。あるいは大坂城。

いずれもかつてない規模の大建築物だ。そこかしこに巨大な建物が築かれるたびに永徳が引っ張り出された。永徳以外に未知の大画面を仕上げられる絵師はいなかったともいえる。だが。

信長の死後、次々と舞い込む絵の注文をこなし続ける永徳の仕事ぶりは、どこか常軌《じょうき》を逸《いっ》したおもむきがあった。鬼気迫るその仕事ぶりは、かつて永徳に蹴落とされたライバル絵師たちから、

――主人を見失った狗《いぬ》のように走り回っている。

と陰口を叩かれるほどであった。

天正十八年（一五九〇年）九月。

永徳は四十八歳の若さで急死する。

死因は過労であった、と伝えられている。

醍醐の花見が行われた慶長三年春。

狩野派に繁栄をもたらした天才絵師・永徳の死から八年が過ぎた。

一門の没落を期待したライバル絵師たちの予想に反し、狩野一門は太閤秀吉の御用絵師としていよいよ盛んであった。

花見の席を彩っていた屛風絵の多くは、永徳の後継者・狩野光信《みつのぶ》（永徳の嫡男《ちゃくなん》）監修のもと、狩野派の絵師たちによって制作されたものだ。

永徳の死後、三十歳の若さで狩野派を受け継いだ光信は、父・永徳が切り開いた大画様式を捨て、狩野派の画風をふたたび一変させた。狩野光信が描くやまと絵風の細画は、永徳の豪放な絵とはむしろ正反対といっていい。

伊年は、数年前に一度、狩野光信の姿を見かけたことがある。

何の用だったか、養父・仁三郎に連れられて京の町をあるいていたときのことだ。

人込みのなかで仁三郎がふと足をとめ、

――見てみ、あれが狩野家のいまの当主や。

と小声で教えてくれた。

すらりと背の高い、色白の、いかにも育ちの良さそうな若者だった。茶筅《ちゃせん》に髷《まげ》をゆい、袴には触れれば手が切れるような折り目がついている。周囲を年上の付き人や門人らしき大勢のひとびとに取り巻かれた若者は、誰かが発した軽口に明るい声をあげて笑っていた。

まさに、我が世の春を謳歌している感じだった。

そのせいか、巷《ちまた》では、

「あの親子は、かねてより不仲であった。画風の違う父・永徳の死を、光信は待ち望んでいたのだ」

という噂がまことしやかに流布《るふ》していた。

噂の半分は誤解。

残りの半分は永徳に蹴落とされたライバル絵師たちのやっかみだろう。

御用絵師と絵職人はちがう。

その前提を無視しては、永徳の天才も、また永徳の死後急速に狩野派の画風を変化させた光信の行動も理解できない。

狩野派の家訓は、

「時の権力者の嗜好に合わせた絵を描くこと」

御用絵師の世襲こそが一門の目的であり、天才・永徳が目指したものでもある。

かつて永徳が仕えた信長は〝力と畏怖による支配〟を目指した。このため、信長の背後を飾る障壁画は拝謁者を恫喝し、あるいは威圧するようなものでなければならなかった。永徳は織田信長という異形の権力者の内面を洞察し、正確にとらえ、かれの意向に合わせた画風をつくりあげた。

それが大画様式だ。

永徳の描く絵は信長を満足させ、御用絵師としての繁栄を一族にもたらした。

一方、新たな雇い主である秀吉の〝天下取り〟は人間関係の巧みなかけひき（人たらし）と、調略《ちょうりゃく》（はかりごと）によって成し遂げられたものだ。秀吉の周囲を飾る絵は、かれに相応しいものでなければならない。

狩野派を率いる光信は、秀吉という新たな権力者の嗜好に画風を合わせた。優雅な叙情性をふんだんに取り入れたやまと絵ふうの画面は、見る者を魅了しこそすれ、威圧することはない。

光信は秀吉の好みを巧みに取り入れ、狩野派の画面を再構築した。それが、花見の席を彩っていた多くの金屏風というわけだ。

その意味において、光信はむしろ父・永徳の教えを忠実に守った孝行息子といえよう。

天下人・秀吉の庇護のもと、狩野派は隆盛をきわめている。

〝今を時めく〟狩野派には諸国の武家、また公卿《くぎょう》たちから注文が殺到し、さばききれないために二年待ち、三年待ちはざらだという。

弟子を希望して狩野派の門を叩く者はあとをたたず、昨今京の町で「絵師」といえばすなわち「狩野派」を指すほどであった。

醍醐の花見当日。

伊年は、屏風絵を前にした招待客が感心したように目を見張り、感嘆の声を上げるのをなんどとなく目にした。

招待客たちの顔に浮かんだ称賛の表情をひとつひとつ思い出して、伊年は、ふう、と大きく息を吐いた。

かなわない。

そう思って舌を巻く一方、頭のどこかで、

——自分ならあの屏風に、もっと別の絵が描けるのではないか。

という漠然とした思いもある。

どんな絵になるかは、まだわからない。ぼんやりとした霧の向こうに、あわあわとした影のようなものが動いているだけだ。

ふと、

——あの屏風絵を扇にしたらどうなるやろ？

そう考えて、伊年は「あっ」と声をあげ、飛び上がるように立ち上がった。
われに返って周囲を見まわすと、作業場で働いている職人たちが仕事の手をとめ、あきれたように自分を見ていた。
伊年は顔を赤らめ、すぐにまた板壁を背にずるずるとすわりこんだ。
目に見えぬものに目を細める。
工夫のしがいがありそうだ。
いったん頭のなかに整理して収めた屏風の絵柄を一枚一枚引っ張り出してきては、やはり頭のなかに思い浮かべた扇の面にべたべたと貼りつけてゆく。
花下遊楽図
桜遊禽獣図
四季花木図
洛中洛外図
南蛮行楽図
…………。
伊年は眉を寄せ、うーん、と唸《うな》り声をあげた。唇をへの字に曲げ、両手で頭をかきむしる。周囲の職人たちが呆れ顔で振り返ったのには、相変わらず気がつかない。
狩野派の屏風絵をそのまま写せば、たしかに奇麗な扇になる。

屏風を立てる際の折り畳み効果もきちんと配慮された画面構成は「さすが」としか言いようがない。だが、しかし、である。

扇としては、どうもおもしろくないのだ。

伊年は顔をあげ、目を細めて頭上の虚空をにらみつけた。

そこに幻の扇がうかんでいる。

念のために、もう一度順番に貼りつける。図柄の大きさを変えて試してみる。

あれこれ試行錯誤したあとで、伊年はくしゃりと顔をしかめた。

やっぱりだめだ。

狩野派の屏風絵をどう写しても、伊年が望むような、おもしろい扇にはなりそうにない。

残念至極《しごく》。

そう思いながらも、伊年はせっかくの思いつきをなかなか諦められない。

もし、と呼ばれて顔をあげた。

目の前に、店表で使っている丁稚《こども》が立っていた。見習いで入ったばかり、少々おっちょこちょいのところがあり、ちょこまかと走りまわっては、物に蹴つまずいて叱られているのを見たことがある。名前はたしか、定吉《さだきち》といったか。

普段は元気が取り柄の定吉が、なんだか様子がおかしかった。顔がゆで蛸《だこ》のように赤くなり、妙にもじもじとしている。

「なんや。どないした」

伊年は定吉の顔を見あげて尋ねた。

「どこぞ悪いんか。番頭さんにゆうて、休みもろたろか」

「へえ、おおきに。助かりま……いえ、そやのうて……お店にお客はんが来て、若旦那《だん》はんに扇の絵を描いてほしいいうてはりますのやけど……」

おれに？

扇の絵を？

伊年は呆気にとられて細い目をしばたたいた。

意味がわからない。

なるほど、店に来る客で目の肥えた者が手にするのは、きまって伊年が絵付けをした扇だった。伊年の扇は、ほかの絵職人たちが手がけた扇とはどこか違っているらしい。

それにしても、である。

扇はあくまで「俵屋」の商品だ。絵付け職人の指名など聞いたことがない。

「〝おどっているところを見て、よいと思う絵を描いてほしい……その前に、この扇に絵を描いたもんの顔をどうしても見たい〃……そないゆうてはって……」

おどっているところ？

絵を描いたもんの顔が見たい？

なおのこと意味がわからなかった。

「どういう意味や？」

「さあ」

定吉はゆで蛸のような顔でもじもじするばかりで、さっぱり要領を得ない。

「くわしいことはようわかりまへんよって、表行て、自分で聞いておくれやす」

伊年は仕方なく腰をあげた。

作業場を出て、中庭に面した細い廊下を進む。

「番頭さん、いわれたとおり若旦那はん呼んできましたで！」

小走りに店表に飛び出していった定吉のあとにつづいて、伊年は小腰をかがめるようにして暖簾《のれん》をくぐった。

表通りにあふれるまぶしい光に、一瞬目が眩《くら》む。

目が慣れると、店前に立った人影が見えた。

顔を隠す浅い編み笠――。

おんなの客だ。

女にしては背が高い。すらりとした手足。引き締まった細身のからだに、桜の花を散らした小袖の着物がよく似合っている。女の歳は伊年にはよくわからないが、たぶん二十歳前。十八、九といったところか。

伊年に気づいた女の客が、編み笠のふちに手をやり、顔を見せた。くっきりとした目鼻立ちだ。切れ長の目が、小ぶりの顔のなかでバランスを崩すほど大きく見える。

女の口もとがかすかにほころび、白い歯がのぞいた。

「なるほどなぁ、そんな顔……」

伊年の顔をまっすぐに見据えて、女が独り言のように小さく呟く声が聞こえた。

そばに立った定吉が、あんぐりと口を開け、ほうけたように女の顔を見上げている。

三　出雲阿国

鴨川べりのさして広くもない土地に犇《ひし》めくように多くのこ、やがたちならび、そのあいだを大勢の者たちが肩をぶつけるようにして行き交っている――。

五条河原《ごじょうがわら》は大変な賑《にぎ》わいだ。

伊年は人込みのなかで足をとめ、周囲を見まわして呆気にとられる思いであった。

こやの前にはそれぞれ、出し物を示した色とりどりの幟《のぼり》がはためいている。

侏儒軽業《こどもかるわざ》。

浄瑠璃《じょうるり》がたりの琵琶法師《びわほうし》。

傀儡《くぐつ》（人形劇）。

獅子舞。

幻術。

犬の曲芸《サーカス》。

猿回し。

南蛮渡りの珍品を観せるこやがある。穿山甲《せんざんこう》、針鼠《はりねずみ》、大蛇といった、日本では目にすることのない珍しい生きた動物たちだ。

〝ひと〟を見せるこやもあった。

信長公を驚かせたという黒い人。逆に〝目青く、髪の毛が赤い紅毛人（オランダ人）〟が鳥のような声でうたうのを売り物にしているところもある。

河原に集まった者たち相手に食べる物を商う立売《たちうり》（露店）が軒を連ね、呼び込みの声がかしましい……。

ふいに、背後から勢いよく突き飛ばされた。

から足を踏み、顔を上げたときにはもう、ぶつかった相手は人込みのなかだ。

伊年はあわててその袂《たもと》に手をやった。

さいわい、金入れはそのままだ。相手も周囲の喧噪に気をとられていて、伊年にぶつかったことさえ気がつかなかったのだろう。それほどの賑わいぶりである。

季節は春。

桜の季節だ。

長くつづいた戦乱もようやくおさまり、京のひとびとの心にゆとりが戻ってきた。陽気にさそわれて行楽《こうらく》に出るのも無理はない。

（話には聞いていたが、これほどまでとは……）

伊年はごったがえす人込みに目をやり、いささか気後れする思いであった。五条河原を訪れるのは久しぶりだ。子供の頃に店の職人たちに連れられてなんどか遊びに来たことがあるが、そのころと比べてもかくだんに賑わいが増している。

伊年は己の袂をにぎった妙な姿勢のまま、呆気にとられて周囲をみまわしていた。

ふと、その目をとめた。

視線の先に、天を半ば覆うようにして巨大な伽藍《がらん》がそびえたっている。

方広寺大仏殿《ほうこうじだいぶつでん》。

秀吉が一族の菩提寺《ぼだいじ》として五条河原の南東、東山の一角に建立した巨大寺院だ。伽藍の高さはおよそ五十メートル。奈良の盧舎那仏《るしゃなぶつ》大仏殿をうわまわる大きさだ。数多《あまた》ある京の寺社の中でも他に類を見ない。

その壮麗《そうれい》な巨大伽藍の屋根かざりが、西にかたむいた夕日を浴びてきらきらとかがやいている……。

川中の棒ぐいのごとく突っ立っていた伊年は、背中をまたどんと突かれて、われに返った。

人込みはどうも苦手だ。

伊年は苦笑して首を振り、人波に背中を押されるようにして、歩きだした。

京のみやこの東の外れ、「洛外」に位置する鴨川のほとりは古くから行楽の地として栄えてきた。

とりわけ五条河原の賑わいは、秀吉によってもたらされたといっても過言ではない。

河原に橋がかかっている。

牛若丸《うしわかまる》（義経《よしつね》）と弁慶《べんけい》が出会ったことで有名な、あの五条大橋だ（二人が出会ったとされる五条大橋はいまの場所ではなく、一本北に上がった現在の松原橋《まつばら》辺り）。

この橋を、秀吉はわざわざ架け替えさせた。だけでなく、橋の名前まで変えた。大仏橋。

橋もまた方広寺大仏殿の一部というわけだ。

信長のあとを受けて天下統一に乗り出した秀吉は、東山に巨大な方広寺大仏殿を建立する一方、伏見に居城を築いて京のおさえとすることで、人と物の流れを決定づけた。この辺り、抜け目のない商売人の感覚だ。

結果、大仏橋のたもとにひろがる五条河原は、洛中と伏見を行き交う多くの人や物の中継地点として、また方広寺の門前地として発展し、急速に賑わいをましていた。

日が落ち、あたりが暗くなるにつれて、提灯《ちょうちん》や箱型灯籠《とうろう》に火が灯りはじめる。

提灯や灯籠に描かれた色とりどりの絵があざやかに川面に映えて、えもいわれぬほど美しい。それがまた、ひとびとの心を陶然《とうぜん》とさせる。

その時刻になると、河原はこや掛けの見世物をめぐって騒ぐ者たちの声でいっそうかまびすしい。席を奪い合って口汚くののしり合う者がいる。列に割り込もうとして追い出される者、囲いのむしろの下にもぐりこもうとする者もいて、そのたびに押し合ったり、転んだり、こづかれたり。笑い声や悲鳴や罵《のの》り声が入り混じって、たいへんな賑わいだ。

伊年は苦労して人込みのあいだを進み、途中何度か突き飛ばされ、ころびそうになりながら、五条のはずれまで下ったあたりでようやく目指す幟を見つけた。

いずものみこかぐら

暮れなずむ春の夕空を背景にへんぽんとはためく幟を見上げていた伊年は、我ながらおかしくなってぐすりと鼻を鳴らした。

——なんで、こんなところに来たんやろか?

自分でも理由がよくわからなかった。

「俵屋」に妙な客が来たのは前の日の午過《ひるす》ぎのことだった。

――お客はんが、扇に絵描いたもんの顔を見たい言うてはります。

店表ではたらく丁稚《こども》が、そう言って伊年を呼びに来た。

ゆで蛸のように顔を赤く染めた丁稚は、何を言っているのかよくわからない。

要領を得ないまま店表に出ていくと、若い女の客がいた。

伊年の顔をひとめ見た女は、それで納得したように頷き、

――明日の夕暮れ。五条の河原にきておくれやす。

伊年に一枚の札をさしだすと、くるりと身をひるがえして帰っていった。

呼び出しておきながら、結局伊年とはろくにしゃべらないままだ。

あとで女にもらった札を見ると「出雲巫女神楽」と書いたうえに、凝った図案の印が捺《お》してあった。

その札がいま伊年の手のなかにある。

女の言葉と渡された札をたよりに、人で賑わう五条河原のはずれくんだりまでのこのこやって来た。――

ばかな話だ。

自分でもそう思う。

新手《あらて》の客寄せだったのではないか？

そんな気がしてきた。

入り口で法外な値段をふっかけられるのかもしれない。

おそるおそるこやの入り口で女にもらった札を見せると、意外にもそのまますんなりと客席に案内された。

案内してくれたのは、顎のしゃくれた、奇岩のような顔をした小柄な男だった。年齢はよくわからない。背中を丸めるようにして客席に案内してくれる男に、伊年は見覚えがあることに気づいた。昨日「俵屋」に来た若い女を少し離れた場所で待っていた人物だ。戻ってきた女と言葉を交わすわけでもなく、影のように女のあとにしたがって帰っていった。

男は無言で桟敷《さじき》の一席を指し示し、小腰をかがめて引き返そうとする。

伊年は相手の男を引き留めて、たずねた。

「名前は、なんていうんや？」

小柄な男は眉を寄せ、妙な顔をした。質問の意味がわからなかったらしい。

「昨日、おれに札をくれたあの女。名前を聞くのを、うっかりわすれとった」

男は一瞬呆《しと》れたような顔になった。が、すぐに元の無表情に戻って、

――おくに。出雲の巫女にございます。

と低い声で答えた。

(出雲の巫女？　ほんまかいな？)

伊年は昨日の女の姿を思い浮かべて首をかしげた。女は巫女のようには見えなかった。

男は唇の端をにやりと歪め、

――なに、すぐにその目でごらんになれますよ。

そう言い残して暗がりに溶けるように姿を消した。

伊年は何だか肩透かしをくらった感じで、こやのなかを見回した。

思ったほどの客入りではない。むしろ、空席が目立つくらいだ。

(出雲の巫女さんは、五条河原ではあんまり人気がないようやな)

伊年は案内された桟敷に腰をおろして、ひとり苦笑した。

いまさら「出雲巫女神楽（いずものみこかぐら）」でもあるまい。

昨今の河原の賑わいには詳しくない伊年ですら、そう思う。

河原と芸能は、もともと切っても切れない間柄だ。

京のひとたちにとって鴨川の河原は、古くから行楽の地であると同時に葬送の地でもあった。

河原は現世（生者）と異界（死者）の辺土《リンボ》であり、芸能（舞う、踊る）の起源は死者の魂を鎮め、冥府《めいふ》へと送りだすための儀式だ。

芸能者が、舞い、踊ることで、死を巡る混沌（恐るべき悪霊）は鎮められ、日常に秩序がよみがえる。

かれらは神社仏閣の建立・修繕、あるいは架橋《かきょう》工事の場に招かれ、さまざまな芸能を披露《ひろう》してきた。

勧進興行《かんじんこうぎょう》

と呼ばれるイベントだ。

芸能者の舞いや踊りは、穢《けが》れを払い、清浄《きよめ》をもたらす。

出雲国は、須佐之男命《すさのおのみこと》や大国主命《おおくにぬしのみこと》ら神々の故郷だ。平安の昔から、出雲の巫女はたびたび京を訪れ、大社《おおやしろ》の神札を売り、あるいは勧進興行をひらいてきた。

「出雲巫女神楽」が河原における定番興行であることは間違いない。

だが、いかんせん。

少々飽《あ》きられている。

世の中が治まるにつれ、河原ではさまざまな「勧進興行」が執り行われるようになった。傀儡、侏儒軽業、浄瑠璃がたりの琵琶法師。獅子舞、幻術、犬の曲芸《サーカス》、猿回し。さらには唐《から》・南蛮渡りの珍品に、信長公を驚かせた〝黒い人〟。鳥のような声でうたう〝目青く、髪の毛が赤い紅毛人〟といったものまでが、五条の河原にこや掛けしているのだ。いまさら変わりばえのしない「出雲の巫女」や「巫女神楽」では、さすがにお客も集まるまい――。

暗がりの中でそんなことをぼんやり考えていると、ふいに笛の音が聞こえた。太鼓《たいこ》の音がする。

「出雲巫女神楽」がはじまるらしい。

(どんなもんか、拝見、拝見)

伊年はひとまずこの妙ななりゆきを楽しむことにして、舞台に目を凝らした。

白い上衣に緋《ひ》の袴をつけた女たちが、しずしずと舞台に姿をあらわした。

全員たもとで顔をかくしている。

ひときわ高く、笛の音が鳴り響いた——。


舞台に現れたのは若い女ばかり。

背格好からすれば、上は十七、八。下はまだ五つ、六つといったところか。

揃いの白衣に緋の袴。清浄そのものといった巫女の衣装だ。

女たちは、笛と小鼓による囃子《はやし》にあわせて舞台中ほどにすすみ、等間隔にならんで、ぴたりと足を止めた。

舞台の袖から地謡《じうたい》の声が聞こえる。


とうどうたらりたらりら、たらりあがりららりどう女たちの声がこれに応《こた》える。

ちりやたらりたらりら、たらりあがりららりどう

列の中央から、女が一人歩み出た。

両腕を左右にひろげる。

顔が見えた。

昨日、店に来ていた女――おくにだ。

おくにが右手にもった扇を開いた瞬間、伊年ははっと息を呑んだ。

金泥に緑の松。

伊年が最近絵を付けた扇だ。

描き上げた後、少し派手すぎたかとも思ったが、舞台でおくにが持つと見事に映える。

広げた扇を翻《ひるがえ》して、おくにが謡《うた》いはじめた。

所千代《ところちよ》までおはしませ

われらも千秋《せんしゅう》さぶらはう

女にしてはやや低い、だが、よく通る声。おくにの声はどこか、ぬめりとした重い絹織物の手触りを思わせる。

鶴と亀との齢《よわい》にて、幸ひ心にまかせたり……

低い声で謡いながら、おくには舞台前方に歩み出て、くるりと身を翻す。軽やかで、滑らかな動き。
まるで風のようだ。
地を蹴ればそのまま宙にかけてゆくのではないかと思われた。

とうどうたらりたらりら、ちりやたらりたらりら、
たらりあがりららりどう……

地謡にあわせて、女たちが一糸乱れず、滑るような足取りで舞台を移動する。

鳴るは滝の水、鳴るは滝の水、
　日は照るとも
　絶えずとうたり、ありうどうどうどう

そのたびに、白い衣と緋色の袴がくるり、くるりと回転する。

扇の金泥がにぶい光を映して、目の前で翻る。

伊年はほとんど息をするのも忘れて、おくにの動きを目で追った。

頭のなかで別の何か、何か別のものが舞っている。

その何かがつかめそうな気がして、つかめなかった。

手が届きそうで、届かない。

ひどくもどかしい感じだ。


舞台がいつ終わったのか。

伊年がわれに返ったときには、すでに他の客たちは席を立ち、ぞろぞろとこやを出て行くところであった。こやの隅にまばらに残った者たちも、気のないようすでしゃべったり、なかには大きなあくびをしている者もいる。

伊年は呆気にとられて目をしばたたいた。

（そんなもん……なんか？）

伊年が息を呑んで夢中で見つめていた「出雲巫女神楽」は、五条河原に集まる人たちにとっては、どうやらありふれた、退屈な出し物だったらしい。

（はじめて見たから面白う思えた？　それだけのことやろか？）

伊年は釈然としない思いで首をかしげ、のろのろと席を立った。

こやを出て、帰ろうとしていると、暗がりから声をかけられた。

「若旦那……俵屋の若旦那」

伊年は一瞬考えて、足を止めた。

自分のことだ。

いいかげん、慣れた方がいい。

振り返ると、声をかけてきたのは身ぎれいな服装《なり》の中年男だ。にこやかな笑みを浮かべた相手の顔に伊年はとっさに思い当たらなかった。戸惑っていると、男は下京にある老舗扇屋の名前を口にした。その店の番頭だという。

「こんなところで、俵屋さんにお会いするとは奇遇どすなぁ」

そう言いながら笑顔で近づいてきた他店の番頭は、伊年の肩に手をまわすと、一転、どすのきいた声で、

「ちょっとそこまで顔貸してもらえまへんか」

と耳元に囁いた。気がつけば、いつのまにか胸元に何やら光るものが擬《ぎ》せられている。

伊年はごくりとつばを呑み込み、無言でうなずいた。

わけがわからぬまま河原の外れの人目につかない窪地《くぼち》に連れていかれた。

突然、背中を勢いよく突かれて、伊年は突っ伏すように地べたに転がった。

顔を上げると、数人の男たちにとり囲まれていた。いずれも人相の良くない、ならず者風の男たちだ。

「……手間かけさせよって」

伊年を取り囲む者たちの背後の暗闇から、番頭の冷ややかな声が聞こえた。

「腕の一本でも折っといたれ」

えっ？

伊年は混乱した頭で必死に考え——思い当たった。

先日の醍醐の花見に、「俵屋」は多数の扇を提供した。その一方で、締め出された店もある。声をかけてきた番頭の下京の扇屋がそうだ。俵屋が提供した扇は花見の招待客にすこぶる好評であった。今後は商売の手をひろげていけそうだ。そんなことを俵屋の者たちがうれしそうに話していた……ような気がする。伊年自身は新しい扇の工夫に夢中になっていて、よく覚えていないのだが。

世の中にはいまだ戦国乱世の荒々しい気風が色濃く残っている。下克上《げこくじょう》。逆に、既得権益を力ずくでまもろうとする者たちもいる。

台頭するライバル店を潰すために、腕利きの職人が襲われたという噂は珍しくない。何も下々《しもじも》にかぎった話ではない。天下人の御用絵師の座を巡って熾烈な争いがくりひろげられている。狩野派と長谷川一門のあいだでも、裏では相互に闇討ちに近い襲撃が行われ、聞くところによれば死者まで出ているらしい。

太閤秀吉主催の醍醐の花見から締め出された老舗扇屋の番頭が〝こうなったら、俵屋きっての絵職人（伊年）を潰して商売（顧客）を取り戻すまでや〟そう考えたとしても少しも不思議ではなかった。ところが伊年は、花見のあと、すっかり作業場にこもって店から一歩も出てこない。おそらく番頭は、ずっと伊年を見張っていたのだろう。「……手間かけさせよって」は、たぶんそういう意味だ――。

伊年は慌てて立ち上がり、逃げだそうとした。たちまち目の前に、ならず者の男たちが立ちふさがる。反対側に逃げようとしたが、襟首をつかまれ、地面に投げ飛ばされた。

よってたかって背中を押さえつけられ、腕を背後に引っぱり出された。

（あかん、折られる）

覚悟した瞬間、ふいに腕が自由になった。背中を押さえつけていた力が緩んだのを幸い、伊年は夢中で跳ね起きた。

ならず者の一人が顔を押さえて地面に転がっていた。

他の連中は、立ち上がって周囲をきょろきょろと見回している。

「誰や！　出てこい！」

叫んだ男が、突然、見えない手で殴りつけられたように後ろに吹き飛んだ。両手で顔を押さえ、呻《うめ》き声を上げて、のたうちまわっている。

窪地の奥の暗闇から、小柄な人影がひとつ現れた。

「……やめとき」

人影が低く、囁くような声で言った。

「悪いことは言わん。その人を離して、去《い》ぬこっちゃ」

わずかにしゃがれた声に、聞き覚えがあった。さっき伊年を客席に案内してくれた、奇岩のような顔の小柄な男だ。

ならず者たちは無言で目配せを交わした。相手は、背中の曲がった妙な小男一人。いっせいに飛びかかればなんとでもなる。そう思ったに違いない。

次の瞬間、ならず者の一人がまたその場に倒れた。続いて一人、また一人とその場にうずくまる。

またたくまに全員が顔を押さえ、地面にはいつくばっていた。

「……だから、やめとき言うたのに」

岩のような顔の小男はうんざりしたように呟き、首を振りながら、うずくまる男たちを踏み越えて伊年に近づいてきた。伊年は周囲を見まわした。老舗扇屋の番頭はとっくに逃げ出したらしく、影も姿も見えない。

じゃらり、と音がした。

小柄な男の掌《て》のなかで小石がこすれあう音だ。

飛礫《つぶて》か……。

たったいま目の前で何が起きていたのかを、伊年はようやく理解した。

小男は掌にもった小石を指で弾いて飛ばした。ならず者たちは飛んできた小石に次々に打ち倒されたのだ。飛礫は、
指弾《しだん》
ともいい、鉄砲が伝来する以前、弓矢とならぶ強力な飛び道具の一つと見なされていた。

飛礫は、寺社に帰属する〝犬神人《いぬじにん》〟と呼ばれる特殊な技能集団が継承する戦術である。かれらが放つ鉄球は百歩を隔てて一寸《いっすん》の檜《ひのき》の板を軽々と貫き、その的確さは弓矢をはるかに凌いだ。〝指で弾《はじ》く〟という最小限の動きからくりだされる無音、高速の飛礫を避けるのは不可能に近い。狙った相手を音もなく倒していく飛礫は、敵にとっ

てはまさに〝神の業《わざ》〟であった。

歴史の裏で犬神人は寺社を護り、僧侶に代わって穢れを清める役割を担ってきた。寺社独自の武力としては「僧兵」が有名だが、もし犬神人の飛礫による援護がなければ、かれらの活動は極めて限定的なものになっていたはずだ。

犬神人を寺社から一掃したのが織田信長だった。信長は、天下統一に乗り出した当初、犬神人の飛礫に手を焼き、何度も苦杯をなめさせられた。その後、ヨーロッパから伝来した種子島《たねがしま》（鉄砲）を採用することで、犬神人の飛礫を圧倒。戦に勝利した信長は、寺社からすべての犬神人を追放し、寺社と犬神人との関係を完全に断ち切った。

伊年の前に現れた奇岩のようなあばた面の背中の曲がった小男は、おそらく犬神人の一族であったのだろう。

男は袂《たもと》から布切れを取り出し、伊年の顔をぐいと拭った。伊年の顔をまじまじと覗き込み、

――物好きにもほどがある。

と独りごちたようにも聞こえたが、これははっきりしない。

「おくにが、会って話をしたいと申しております」

あばた面の小男は低い声でそう言ってあごをしゃくり、伊年についてくるよう促し

た。

その夜。

伊年はおくにと一夜をともにした。

どうしてそんなことになったのか、自分でもよくわからない。

指弾の使い手である妙な小男のあとについて、しばらく妙な道をぐるぐると歩きまわった。

ちょうど月のない晩（新月）だった。灯火《あかり》の届かぬ場所にはどろりとした闇がたちこめ、足下さだかならぬその闇のなかを、男はあたかも白昼の野を行くがごとくどんどん歩いて行く。

伊年はいくらか近視のけがある。しかも、とり目。夜目がきかない。

無言のまま、足早に先をゆく男の背中を見失わないようにするだけで精一杯だった。どこをどう歩いたのか、さっぱり覚えていない。

案内されたのは、木立ちのなかにぽつんと建つ一軒屋だった。

家の入り口で、男はやはり無言のまま伊年にあごをしゃくって中に入るよう促した。伊年が家に目をやり、振り返ったときには男はもう姿を消していた。

奥の部屋に明かりが灯っている。

伊年は首をすくめ、おそるおそる家のなかに足を踏み入れた。

奥の部屋に女が座っていた。

御簾《みす》をもちあげると、女が顔をあげた。

おくにだ。

片身替わりの小袖に着替えたおくにが一人きり。ほかには誰もいない。

部屋には膳が用意され、美味しそうな酒肴が並んでいた。ご丁寧にも、酒を温める道具まで揃っている。

伊年は内心やれやれとため息をついた。

人里離れた一軒屋。女が一人。御馳走が並んでいる。

以前ひとから聞いた、狐に化かされた時の話とそっくりだ。いや、狐ならまだましだろう。鬼が出るか蛇が出るか……。

伊年は思い切って部屋にはいり、用意された席についた。

——今日は、ようこそおこしくださりました。

おくには慇懃《いんぎん》な口調でそういって頭を下げた。ちろり（銚釐）を取り上げ、

——さ、まずはおひとつ。

と上目づかいに、ぞくりとするような目付きで伊年を見た。

あわてて取り上げた盃に、とろりとした液体がなみなみと注がれる。狐に化かされ

ているのなら、さしずめ馬の尿《いばり》といったところか。

盃から視線を上げると、おくにが伊年の顔をのぞき込んでいた。

生真面目な表情をつくっているが、目元口元がひくひくと動いて、いまにも破顔しそうだ。明らかに状況を面白がっている。

(ええい、ままよ)

伊年はきつく目をつむり、盃を一気に飲み干した。

口中に馥郁《ふくいく》たる香りが広がる。それまで伊年が味わったことがないほどの美味《うま》い酒だった。

勧められるまま、立て続けに何杯か盃をあけた。

返盃すると、おくにも平気で盃を受け、飲み干してけろりとしている。

膳に並べられた酒肴に箸をつけると、これまた絶品であった。

なます。焼き物。酢の物。白和え。がんも。田楽《でんがく》。章魚《たこ》。沢庵《たくあん》の煮物《たいたん》。

といった品が膳の上の小さな皿に少量ずつ美しく盛られ、箸が迷うほどだ。

盃のやったとったを何度か繰り返し、あいだに酒肴に箸を伸ばす。

もっとも、最初に殊勝ぶったあいさつをしたあとは、おくには伊年の顔を窺い見てにやにやと笑っているばかりだ。

そのうち、どこからか長煙管《ながぎせる》を取り出して、勝手に煙草を吸いはじめた。

南蛮渡来の煙草と長煙管は、昨今京の河原に集まる無頼の者たちのあいだで流行の品だ。中には三尺（約一メートル）を超える長煙管をこれ見よがしに腰に携えている者もいるという。

——会って話をしたい。

そういって呼ばれたはずだが、おくには酒を飲み、煙草を吸うばかりで、それ以外はろくに口をひらこうともしない。

扇絵のことをあれこれ訊かれるかと思っていたので、何だか拍子抜けする思いだ。が、それを言えば、伊年の側も同じようなものだった。おくにに訊きたいことがあった。おくにの舞台を観ているときに感じた、あのもどかしさはいったい何だったのか？　おくにに訊ねて正体を確かめたかった。伊年が見ず知らずの怪しげな小男にのこのこついて来たのは、何もかれに窮地を救われたせいばかりではない。しかし。

そっちがその気なら、こっちから話などするものか。

伊年はいささか意固地になり、無言で盃を重ねた。

おくには薄笑い、横目で長煙管をふかしている。

いいかげん酔いが回ったあたりで、ふわりと腕に触れるものがあった。

目をむけると、いつのまに部屋に入って来たのか、伊年のすぐ隣に真っ白な猫がちょこんとすわっていた。腕に触れたのは、ゆらゆらとゆれる猫の長いしっぽだ。

美しい銀色の目をした白猫が、まっすぐに伊年を見上げている。

手を伸ばして頭を撫でると、目を細めて、ごろごろとのどを鳴らした。

――へえ、めずらし。そのこが知らん人になつくとはなぁ。

おくにが目を丸くして呟く声が聞こえた。

いったい、伊年はむかしから動物に好かれるたちである。京のまちなかで見られる犬、猫、馬、牛に限らず、野山に行けば野鳥や鹿にまで好かれた。伊年が近づいても動物たちはいっこう逃げようとせず、平気で遊んでいる。嵯峨野《さがの》の山で猪《いのしし》のこどもたちになつかれ、どこまでもついてくるのでたいそう困惑したこともある。

――あんまりぼーっとしとるさかい、人やと思われてへんのやないか。

口の悪い年上の職人からそんなふうに言われたこともある。自分ではよくわからない。正直な話をすれば、伊年の方でも人間より動物たちの方が付き合いやすいと思うことがしばしばあった。

伊年が袂から紐《ひも》の切れっ端を取り出すと、白猫がじゃれついてきた。伊年の膝にはいあがり、そこから前足を伸ばして遊んでいる。白猫の体温が膝に伝わる。丸くて、柔らかくて、温かい……。

そのあたりから、どうも記憶が怪しかった。

酒を飲み、おくにに勧められるまま長煙管で慣れぬ煙草を吸い、白猫と遊んでいたはずが、いつのまにか相手がおくにに変わっていた。そんな感じだ。

——ねき（そば）寄り。

おくにの囁く声を耳元に聞いた気もするが、はっきりしない。

目覚めると、すでに明るくなっていた。

夜具《やぐ》をかぶり、仰向けに横になっている。

伊年は一瞬、自分がどこにいるかわからなかった。見えているのは天井板の節目だ。

鼻先を、甘い匂いがかすめた。

はっとして目をむけると、すぐ傍らにおくにが横になり、ほおづえをついて、伊年をじっと見つめていた。おくには素肌の上に片身替わりの上衣をひっかけただけのしどけない姿だ。

伊年が手を伸ばそうとすると、おくには横になったまま小首をかしげて、

——つまらん顔やな。

と、ぼそりと呟いた。

は？

伊年は伸ばしかけていた手をとめ、目を瞬《しばた》いた。

つまらん顔？

いまさらそんなことを言われても、こまる。対処のしようがない。

――なんであんた、そんなつまらんお面《めん》をかぶっとるんや？

おくには小首をかしげ、心底不思議そうにたずねた。

おめん？

伊年は自分の顔に手をやった。もちろん、何もついていない。

なんの話や？

ぽかんとしていると、おくにが不意になにか思い当たったようすで目を輝かせた。

ぱっと立ち上がり、すぐに戻ってきて、伊年に馬乗りになった。

――動きなや。

伊年をあおむけに押さえつけたおくにの手には、いつの間にか、たっぷりと墨を含ませた筆が握られている。

唖然《あぜん》、としている間に、筆で顔になにやら描かれた。

――よっしゃ。これでええ。

おくには筆を持ち上げ、満足げに呟いた。

伊年を引き起こし、そのまま手を引いて部屋の隅に連れて行く。

部屋の隅には水鉢が置いてある。飲み水を溜めておくためのものだ。

おくには水鉢をのぞくよう伊年に指示した。

言われるまま、水鉢をのぞき込んだ。

――見てみ。これがあんたの本真《ほんま》の顔や。

おくにが勝ち誇ったように肩口でささやいた。背中にぴたりと張り付いたおくにの体は、丸くて、柔らかくて、温かい。猫そっくりだ。だが。

水鏡に映った己の顔を見て、伊年はそれどころではなかった。

太いげじげじ眉。目のまわりにはぎょろりとした隈取りが見える。黒々とした鼻の穴。耳も大きい。口は耳まで裂けるかと思われ、口のまわりを覆うひげは顎の周囲まで達している。

これでは――。

伊年は思わず顔をしかめた。

鬼ではないか。

そう思う。

しかも、滑稽《こっけい》な鬼の顔だ。

(これが本真《ほんま》のおれの顔? どういう意味や?)

伊年は顔を左右にかたむけ、顎を上げ下げして、矯《た》めつ眇《すが》めつ水鏡に映った己の顔を眺めた。

背後で、おくにが床の上にあおむけに転がり、腹を抱え、足をばたばたさせて大笑いしている。

白猫はどこにいったのか、姿が見えない。

四　若者たち

夏の終わりの昼下がり――。

三人の若者がひとつ部屋に集まって酒を飲んでいる。

一人は、上京で扇を扱う「俵屋」の若旦那《ぼんさん》・伊年だ。

「ほんで、その女とはその後どないなりました？」

差し向かいにすわった若者が、卓ごしに酒器を差し出して伊年にたずねた。浅黒い顔に黒眼がちの目をきらきらと輝かせ、興味津々といった様子である。

伊年は無言のまま、差し出された玻璃《ギヤマン》の透明な器からやはり玻璃製の小盃《コップ》に酒を受けた。

玻璃のひやりとした感触が唇に心地よい。

伊年は酒を口に含み、ふう、と息をついた。――

京の夏は暑い。

ことにこの数日は、じきに九月というのに残暑ことのほかきびしく、風のない午後の蒸し暑さは格別だった。

強い日ざしが土塀《どべい》に照り返し、風景全体が白くかすんで見えるほどだ。風はそよともふかない。荷担ぎの男たちや行商人、牛追いたちも、この時刻はさすがに木立や土塀の濃い影のなかに腰をおろし、汗をぬぐいながら、白い土埃《つちぼこり》が舞いあがるのをぼんやりと眺めている。竹売りや心太《ところてん》売りの呼び声も絶え、ただ季節外れともいえる蟬《せみ》時雨《しぐれ》だけが耳をうつ……。

目をあげると、相手はじっと返事を待っていた。

小首をかしげ、舌でも出しそうな勢いだ。

（〝おあずけ〟言われた子犬みたいや）

伊年の脳裏にころころとした黒毛の子犬が浮かび、口に含んだ酒をあやうくふきだしそうになった。

目の前の若者は紙屋《かんや》宗二《そうじ》。

「俵屋」と同じ上京小川にある大店の紙屋の次男坊だ。黒毛の子犬めいた印象は昔から少しも変わらない――。

にやにやしていると、宗二がひょいと振り返り、少し離れた場所で庭を眺めながら酒を飲んでいるもう一人の人物に声をかけた。

「与一《よいち》はんも、こっちへ来て一緒に話を聞きまへんか？　何や、えらい面白いことになっとるみたいどっせ」

振り返ったのは、わずかに下膨れ気味の丸顔、目も鼻も口もちまちまとした、どこか雅《みやび》な感じがする若者だ。

若者の名は角倉与一《すみのくらよいち》。

角倉家は後藤《ごとう》・茶屋《ちゃや》とならんで、京で三本の指に入る〝豪商〟である。与一は、その角倉家の嫡男《ちゃくなん》。当年とって二十八歳。一緒に飲んでいる三人の中では一番の年長者だ。

扇屋の若旦那、伊年。

紙屋の次男坊、宗二。

豪商・角倉家の嫡男、与一。

一見妙な組み合わせにも思えるが、タネを明かせば何のことはない、三人は子供のころから同じ町内で育った遊び仲間──〝幼なじみ〟という気の置けない間柄だった。

最年少の宗二はそのころから陽気で世話好き、物に屈託《くったく》するところのない、誰にでも好かれる性格だった。伊年とは対照的に、〝はしっこい〟という言葉が人の形となって走りまわっているような若者だ。

もう一人の与一は、小太りの丸っこい体つき、短めの手足に、盃を持つ指さえふっくらとした印象がある。色白の肌は赤ん坊のように滑らかで、いつも穏やかな笑みを口元に浮かべている優しい若者だ。ただし、おっとりとした見かけとは裏腹に、頭の回転は恐ろしくはやい。

　年齢も、性格も、家の商売も、それぞれバラバラながら、子供のころから三人は不思議と気が合った。お互いの家を行き来し、長じて後は、よく嵯峨野にある角倉家の別邸に集まって酒を飲んでいる。


酒を飲んでいる。

と書いた。

が、じつを言えば、宗二は酒を一滴も口にしない。

かれには妙な特技がある。あるいは悪癖というべきか。

見慣れない紙を目にすると、かならず手にとり、矯《た》めつ眇《すが》めつ、あるいは陽《ひ》にかざし、あるいは指先でそっと表面や切り口に触れる。たまに紙の端をぺろりとなめる。そうして、しばらく考えたあとで、これはどこそこの紙だとか、何の木を使っているだとか、ぶつぶつと独り言をつぶやいているのだ。

　以前、紙屋に来ていた紙の仲買人《なかがいにん》の話によれば、宗二はそれで〝どの里の紙で〟〝どんな材料配分で漉《す》いた〟ばかりでなく、〝誰が漉いた紙〟なのかまでぴたりと当ててみせるという。

「ここだけの話、気味がわるいくらいでっせ」

声をひそめたその仲買人は、

「それでもって紙を選《え》りわけしはるんやさかい、こっちもえらい気ィ使いますわ」

と真っ黒に日焼けした顔を迷惑そうにしかめて、ため息をついていた。

商売柄とはいえ、ここまでくればもはや異能者というべき領域だろう。

尤《もっと》も、商売に関係ない者の目にはたんに行儀のわるい変な若者だ。子供のころは何でもかんでも見境なく齧《かじ》っていたから、それに比べれば「少しはましになった」と言えなくもない。

宗二が酒を飲まないのは〝舌の感覚を守るため〟というわけではなく、たんに下戸《げこ》なだけだ。なんでも以前に一度うっかり酒を飲んで、あとで全身火脹《ぶく》れのようなひどい状態になったのだという。酒を受け付けない体質らしい。

いまも宗二が玻璃の器から盃に注いで飲んでいるのはただの水だった。

それで〝子犬のように〟陽気にはしゃいでいるのだから、たいしたものだ。

若者たちが当たり前のように酒（ただし宗二はただの水）を飲んでいる嵯峨野角倉《さがのすみのくら》家別邸の一室は、しかし、当時の日本の状況を考えれば〝異界〟とでも呼ぶべき特殊な空間であった。

部屋のなかを見まわして最初に目に飛び込んでくるのは、書院造りの壁に大きく貼られた精巧な世界地図だ。

部屋の真ん中、畳の上に唐渡りの足の高い卓《テーブル》と椅子が置かれ、繊細な造りの卓の上には、恐ろしく高価な透明な玻璃《ギヤマン》の酒器や皿が客人に酒肴を供するために平気でつかわれていた。

壁沿いの棚の、一番目立つ場所に置かれている球体は最新の地球儀。

そのとなりには南蛮産の時計。さらに瑪瑙《めのう》の首飾りや、目にも鮮やかな南蛮切れ、呂宋《ルソン》の壺といった貴重な品々が当たり前のように置かれている。

書棚には南蛮の医術書、船体図、渡海記録、造船要覧、地理書などの専門性の高い書物がずらりとならび、部屋の隅の書見台には〝南蛮僧《バテレン》たちから聞き取った世界事情〟をびっしりと書き込んだ分厚い台帳が、読みかけらしく何冊も開いたままになっている——。

部屋のなかの品々はすべて、与一の父・角倉了以《りょうい》が南蛮貿易（スペイン・ポルトガルを中心とした西欧諸国との中継貿易）を通じて手に入れたものだ。

当時、南蛮貿易がいかに盛んであったかは、たとえば、パン、テンプラ、タバコ、ボタン、コップ、オルガン、メリヤス、カルメラ、ボーロ、カステラ、カッパ、カルタ、ビードロ、シャボン

といった言葉（および言葉の対応物）がこの時代にもたらされ、その後日本語として流通するようになったことからも窺い知ることができる。

南蛮貿易にかぎらず、当時の日本は造船の技術革新ともあいまって〝大貿易時代〟ともよぶべき時期を迎えていた。

当時の主な輸出入品目は、

（輸入）生糸、絹織物、砂糖、火薬、鉄砲、その他中国・西欧の珍品。

（輸出）銀、銅、鉄、硫黄《いおう》、樟脳《しょうのう》、日本刀をはじめとする美術工芸品。

といったもので、西欧や中国、東南アジア各国から入ってきた多様で珍しい品々が日本のひとびとの目を驚かせ、また喜ばせた。

この時代を考える場合、一方で忘れてはならないのは、日本か、ら、も数多くの美術工芸品が西欧や中国、東南アジア各国に輸出されていたという事実だ。

たとえば日本刀（鉄砲の出現によってすでに武器としての役割を終え、鑑賞用美術品となってい

た)、漆器《しつき》、蒔絵、あるいは扇や屏風といった日本の品々がもたらされると、西欧のひとびとは驚愕、狂喜し、これを手に入れようとやっきになった。まさに〝千金を積んで惜しまぬ〟状況であったという。

はるか東方の島国・日本でつくられた美術工芸品はいずれも、かれらがかつて目にしたことも、想像したこともない独特の美を備えていたのだ。

貿易によって日本にもたらされた新奇な品々はただちに模倣され、複製品がつくられた(外見のみの類似品も少なくなかった)。逆に、西欧その他の諸国でも同じように、日本からの輸出品の模倣と類似品の製作が行われた。

模倣しあうことで相互に影響を与え、〝美〟ははじめて新たな地平を獲得する。過去の作品を踏まえぬ独自性《オリジナリティー》など、瞬間的に持て囃《はや》されることはあっても、長い目で見れば所詮は作者の独りよがりに過ぎない。

この時代、貿易による交流はそれまで存在しなかった〝新しい美〟を洋の東西双方にもたらしていたのである。

伊年も、いまでこそ平気な顔で飲み食いしているが、子供のころはじめてこの部屋に案内されたときは、腰をぬかさんばかりに仰天した。

めったに物怖《お》じすることのない宗二も、当時はまだ小さかったこともあって、きょろきょろと部屋の中を見回すばかりで、せっかく角倉家が用意してくれた卓の上の食べ物に手を伸ばすことさえできなかったくらいだ。

宗二はのちのちまでそのことを悔しがった。恨めしそうに唇を尖らせ、

「与一はんは自分のうちやさかい、平気なんは当たり前や。わてらが手ぇ出さんからいうて、一人であるだけみな食べてしもたのはどうかと思いまっせ」

そのとき食べ損なったのが、南蛮の珍しい〝こんぺいとう〟であったとすればなおさらだろう。――

「その扇どすか？」

と宗二がじれた様子で身を乗り出し、伊年の袂からのぞいている扇をさしてたずねた。

「こないだ伊年はんが話しとった、妙な女のために新しく工夫したいうのは、その扇でっしゃろ？　もったいぶらんと、はよう見せておくれやす」

宗二の目ざとさは昔からだ。伊年は苦笑し、手にしていた小盃を卓の上に置いた。

袂から扇を取り出し、開いて見せる。

金泥地に極端に簡素化された雲形模様。

扇をゆっくりと動かすと、扇のなかに雲がむくむくとわきあがる。一陣の風がたしかに感じられる。

「ひやひや」

宗二が目を丸くして妙な声をあげた。感心したときの宗二のくせだ。

伊年は、すぐにぱちりと扇を閉じ、元のように袂にほうり込んだ。

小盃を取り上げ、黙って酒を飲む。

実際、酒でも飲んでいるよりほかに、どう仕様《しよう》もない感じだった。


妙な成り行きで、おくにと一夜をともにすることになった翌朝。

顔を洗ってかえろうとする伊年を戸口までおくって出てきたおくには、別れぎわ、
独り言のように、

——また来るといい。

と低い声でぽつりと呟いた。

(また?)

伊年は足を止め、半信半疑の思いで振り返った。

おくには顔を伏せていて表情が読めない。わずかに覗く口もとには、どっちつかずの半端な笑みが浮かんでいる。

おくにが顔をあげ、ぞくりとするような目付きで伊年を見た。

——次くるときは扇をもってきて。

今度ははっきりした声でそれだけ言うと、たちまち身を翻《ひるがえ》して家の奥に駆け込んでいった。

伊年は唖然として、おくにの後ろ姿を見送った。われに返ったのは、しばらくたったあとのことだ。

耳を澄ませてみたが、家の奥は森閑として物音ひとつ聞こえない。

家のなかに人がいるような気配は一切感じられなかった。

広い場所に出て周囲を見まわすと、どうやら伏見《ふしみ》に抜ける街道を外れ、少し入ったあたりらしい。人目を避けるように木立ちのなかにぽつんと建った一軒屋。ずいぶん歩きまわった気がしたが、巫女神楽のこやからたいして離れていなかった。

(なんや？　どないなっとる？)

伊年は首をひねり、首をかしげ、首を振りながら、上京小川の「俵屋」にまで戻ってきた。

そのまま誰とも口をきかず、店を抜けて奥の作業場にむかい、壁板を背にずるずると座り込んだ。

店の職人たちは「またかいな」という顔で呆れている。

伊年の頭のなかに、五条河原で観たおくにの舞台が繰り返し浮かんでいる。

白い衣と緋色の袴。

扇の金泥がにぶい光を映して翻る……。

そのうち、ひょいとあることに気がついた。

舞台でおくにが手にしていた扇は、開いたあとは、ただの一度も動きが止まることがなかった。所作《しょさ》に応じて扇が動くのはむろん、おくには足をとめたときでも、手にもった扇だけはかならず動かしつづけていた。

扇が動くことで、舞台全体につねに一種のかるみが生じていた。

あるいは、

――風が吹いていた。

というべきか。

おそらくそれが、舞台を観ていたときに手が届きそうで届かず、ひどくもどかしい思いがした理由だ。

扇絵は、扇を開いて見た目の美しさを楽しむだけではなく、動かすことによって見る者に別の効果を及ぼすことができる。

扇の語源は「あおぐ」。もともとは「風を起こして涼を得る」ためのものだ。

動きは扇という素材が本来もっているもう一つの独自性ともいえるが、伊年はこれまで扇に絵を描くにさいして、扇の動きの効果をあまり気にしてこなかった。

おくにはそれがわかった。

いや、〝わかった〟のではなく〝そう感じた〟のだ。おくには伊年の扇絵を面白いものとして評価しながらも、どこか物足りなさを覚えた。だからこそ店を訪れたさい「(自分が)おどっているところを見て、(もっと)よいと思う絵を描いてほしい」と言った――。

言葉にできないもどかしさを感じていたのは、伊年だけではなかったということだ。

伊年は首を振って立ち上がり、すぐに作業に取り掛かった。

置いて鑑賞するだけではない扇絵。

扇を動かすことで別の効果が生じる工夫が必要だ。

伊年は新たな扇絵の工夫に夢中になった。寝食を忘れ、店の者たちが心配して何度か声をかけにきてくれていたようだが、まるで耳に入らなかった。腹が減ればお供え物のように置かれた食事をかきこみ――いつ、誰が置いてくれたのか、さっぱり記憶になかった――、すぐにまた扇絵の工夫に没頭した。

試行錯誤するなか、頭に浮かんだのが、以前、嵯峨野の角倉別邸で目にした珍しい南蛮切れ(渡来布)だった。

やはり与一の父・角倉了以が南蛮貿易を通じて手に入れた品で、見る角度によって織り文様が違って見える。

伊年は、はじめて目にする不思議な文様を前にしばらく動けなかった。呼ばれても返事もせず、宗二や与一にずいぶん呆れられたものだ。

――あの南蛮切れの文様を参考にすれば、まだ誰も見たことがない扇絵が工夫できるのではないか？

伊年は目を細め、脳裏に浮かんだイメージを追いかけた。

満足のいく扇絵を仕上げるまでに十日余りを要した。

その結果が、金泥地に極端に簡素化された雲形模様だ。

手にした扇をゆっくり動かすと、扇のなかに雲がむくむくとわきあがる。一陣の風がたしかに感じられる。

これまで伊年が手がけてきた数多《あまた》の扇絵のなかでも一、二を争う見事なできばえだ。これならば、おくにも満足してくれるにちがいない。

仕上がった扇をもって、伊年は店を飛び出した。長いあいだ作業場にこもりきりだったので、膝がわらっている。足下がふらふらした。一刻も早く、新しい扇でおくににおどってもらいたいと思った。

ところが。――

五条河原に到着した伊年は、そこで茫然と立ち尽すことになった。

「出雲巫女神楽《いずものみこかぐら》」が演じられていた場所には、すでに別のこやがかかっていたのだ。

こやの者をつかまえて尋ねると、前の一座はとっくに引き払ったあとだという。どこに行ったのか、何か言っていなかったか、としつこく尋ねると、

「あんた、阿呆やな。相手はこやがけでっせ。そんなこと、わかるわけおまへんやないか」

と、憐れむような目付きで言われた。

その足で、おくにと一夜をともにした街道外れの一軒屋を訪れた。

やはりもぬけの殻だ。近隣で聞いてまわっても、手掛かりひとつ得られない。――結局、伊年は新しく工夫した扇を手にしたまま、悄然と肩を落として店に戻ってきた。

伊年とて、なにも女を知らないわけではない。年上の職人たちに連れられて二条《にじょう》柳馬場《やなぎのばんば》界隈に遊びに行き、遊女に呼び込まれるまま一夜を過ごしたことも何度かある。

が、それとこれとは話が別だ。

伊年には、おくにが自分に黙って姿を消したことがなんとしても解《げ》せなかった。

狐にでもだまされたような気がする。

いや、本当に狐だったのかもしれない。

いずもの狐だ。

そんなことを、先日宗二に会ったときに問わず語りに話して聞かせた。宗二が「新しく工夫したその扇をぜひ見たい」としつこく言い募ったので、仕方なく持ってきた。――

「もいっかい、貸してもらえまへんやろか」

顔を上げると、宗二がにこにこと笑いながら手を出していた。

この状況で平気で手を出してなお、いやみにならないのは持って生まれた得な性分《しょうぶん》だ。

伊年は苦笑して、袂からもう一度扇を取り出し、宗二に差し出した。

宗二は受け取った扇を顔の前ですらりと広げた。扇を嚙まないのは、べつに伊年に遠慮してのことではなく、自分の店が納めた素性の知れた紙だからだ。

宗二は自分でゆっくりと扇を動かして、

「ひやひや。こりゃまた……。へえ、たいしたもんやな」

と感心した様子で声をあげる。そのままひょいと振り返り、

「与一はんも、まア見とくれやす。伊年はんが、またエライもん作らはりましたぇ」

と屈託のない声をかけた。

与一は。――

何だかぼんやりしている。心ここにあらずといった風情だ。

「なあ、与一はん。与一はんは、この扇、どないな工夫やと思います？」

重ねてたずねられて、与一はようやく我に返った様子で目をしばたたいた。

「ん？　どないな、って……」

与一は左右を見回し、申し訳なさそうに宗二に訊《き》き返した。

「何の話やったかいな？」

「あーあ、またこれや」

宗二は、伊年と与一の顔を交互に見比べ、大袈裟にあきれてみせた。

「二人とも、エエかげんしっかりしてもらわな困りまっせ」

そういって唇を尖らせている。

伊年と与一は顔を見合わせて、思わず吹きだしそうになる。

一番年下の、しかもただの水を飲んでいる宗二に「しっかりしろ」と叱られるのも変なはなしだ。

三人でいると、昔からよくこんな具合になった。

子供の頃からの遊び仲間。かれこれ二十年近くの付き合いになる。近所で年齢が近く、商家に生まれた事実もさることながら、結局はうまがあったということなのだろう。

＊

角倉《すみのくら》は不思議な一族だ。

学者と商人。

まったく異なる二つの職業が、代々かつ交互に角倉家に家業として継承されてきた。

与一の祖父は学者（医者）として、曾祖父は商人としてそれぞれ京の都で名を成した人物だ。祖父は医者として遣明《けんみん》使節団にくわわり、ときの大明皇帝に秘薬を献じて〝医名を異域に著《あらわ》して〟いる。

与一の父・了以は新興の貿易商人として一代で巨万の富を一族にもたらした。

代々かつ交互。

い、か、い、か。

順番でいけば、与一は医者もしくは学者となるべく生まれついたことになる。

事実、与一は幼いころからその学問的資質を見込まれ、角倉家に招かれた当代きっての一流の学者たちに師事してきた。十代初めですでに「大学《だいがく》」「中庸《ちゅうよう》」「論語《ろんご》」「孟子《もうし》」と読みすすみ、和漢の詩文・物語にも精通《せいつう》した破格の秀才だ。高名な医師である祖父から医術の手ほどきも受けた。

ところが十五歳になったとき、与一は己の運命に反旗《はんき》を翻す。

——自分は学者（医者）にはならない。父と同じ商人の道を歩みたい。

そう宣言したのだ。

周囲の者たちは驚き、なかば呆れながら、ことの理非を説いた。

角倉家の者にはなるほど学者と商人、両方の血が流れている。だが、それは生まれ持った身体的特徴と深くかかわりあっているのだ、と。

たとえば、与一の父・角倉了以は筋骨たくましい、長身の、まるで赤鬼のような魁《かい》偉《い》な形相《ぎょうそう》の人物である（伊年と宗二は子供の頃、はじめて与一の父を見て、思わず走って逃げ出したくらいだ）。

——優れた商人となるにはあの体が必要だ。

周囲の者たちはそう言って、与一を説得した。

——あれが商人になるべく生まれた角倉の男の特徴なのだ。

という。角倉家に生まれる男子は身体的に極端な二つの特徴があり、生まれつき頑強な肉体と無尽蔵《むじんぞう》の体力を持った者たちが商人として成功してきた。一方、角倉家には別のタイプの男子が一代おきに生まれた。体力的には恵まれないが、穏やかな性格で、頭の回転が恐ろしくはやい者たちだ。

与一は明らかに後者のタイプであり、かれの資質がいかに学者（医者）向きであるか、いかに商人に向いていないかを、周囲の者たちは説明した。幼いころから病がちな与一が、父・了以のような貿易商人を志すのはおよそ無謀な話だといってきかせた。

十五歳の少年・与一は、しかし、周囲の者たちにこう反論した。

「たしかに自分は、父と同じ商売にはむいていないかもしれない。しかし、時代は移り変わっている。これからは、今までとはまったく別の商売のやり方がきっとあらわれてくる。自分には、父とは異なるやり方で商売ができるはずだ」

当代一流の学者仕込み。与一の理屈《ことば》に反論できる者などあろうはずもない。あとで与一の言葉を伝え聞いた父・了以はにやりと笑い「好きにするがいいさ」とのみ言ったという。

与一は父・了以のもとで、一番下の丁稚《でっち》見習いとして働きはじめた。了以の方でも他の者たちと一切区別することなく与一を容赦《ようしゃ》なくこきつかい、十三年経ったいまでは商売の〝片腕〟として信頼するまでになっている。

与一は、商人になると決めたあとも学問的修行を続けていた。否、どんなに商売が忙しくとも寸暇《すんか》を惜しんで書物に向かうその姿は、はた目には以前よりもいっそう学問に打ち込むようになったとさえ見えるくらいだ。

いつのころからか与一には、

——角倉代々の二つの家業（学問と商売）を統合する何かが自分にはできるのではないか。

という漠然とした思いがある。

——それこそが自分に与えられた天命なのではないか。

とも思っている。

それがいったいどんなものなのか、与一自身にもまだわかっていないのだが——。

「……どない、しはりました？」

宗二が眉を寄せ、与一の顔をのぞき込むようにしてたずねた。

「今日はなんや、えらい疲れた顔してはりますけど、何ぞありましたんか？」

与一は視線をついと窓の外にむけ、唇の端をかすかに歪めた。

嵯峨野の角倉邸に今日こうして久しぶりに三人が集まったのは、与一が声をかけたからだ。なにか話があるのではないか、と勘の良い宗二が気をまわしたのも無理はない。

もう一人の〝幼なじみ〟伊年は、卓にひじをつき、ひらいた扇を顔の前にかざして、ぼんやりと眺めている。

それぞれ〝らしい〟といえば、〝らしい〟態度だ。

相変わらず。

だからこそ、こうして久しぶりに会いたくなったともいえる。

与一はふっと小さく笑い、体ごと宗二にむきなおった。

「ここだけの話やで」

と言いながらも、別段声をひそめることもなく、与一はある秘事を口にした。

――太閤が薨《こう》ぜられた。

宗二と伊年、二人の動きが一瞬ぴたりと止まった。

それぞれ眉を寄せ、妙な顔をしている。

「えー。ほんなら、なんどすか」

宗二が首をかしげるようにして、与一にたずねた。

「秀吉公が死んだいう、京の町でいま流れとるあの噂はホンマやったと……」

しーっ。

与一は己の唇に指をあて、声をひそめるよう促した。

「あっ、えろうすみまへん」

宗二は首をすくめた。すぐに左右を見回し、

「ほんでも、秘密も何も、それやったら、京の町でとっくに噂になってまっせ？」

「ま、そやろな」

与一は口のなかで呟き、

「それでも、いちおうここだけの話や」

二人の顔を交互にながめて、念を押した。

天下様
そう呼ばれるのをことのほか喜んだ太閤秀吉が、伏見城の一室で息を引き取って六日になる。

享年《きょうねん》六十二歳。

一説に六十三歳ともいわれるのは、生まれた年がはっきりしないからだ。

名もなき足軽《あしがる》の子として生まれ、信長の草履取りから、ついに天下人にまで成り上がったかれの経歴は、いかに戦国乱世とはいえ、唯一無二のものであろう。

振り返れば、わずか半年ほど前、あれほど盛大に行われた醍醐の花見は、秀吉が最後に試みた壮大な馬鹿騒ぎであった。

秀吉の死は、理由《ゆえ》あってすぐには公表されなかった。

噂は、だが、水がしみだすように京の町に広がっている。与一にあらためて「ここだけの話」と念を押されるほどのものではない——。

「太閤はんが死にはったからいうて、与一はんとどないな関係が……」

と言いかけた宗二が、あっと口を開けた。

「そやった。与一はんはいま……。ははあ、なるほど。そうどしたな」

一人で納得したようにうなずいている。

与一の父、角倉了以ら京・堺の町衆に莫大な財をなさしめ、一方で洋の東西に新しい美をもたらした南蛮貿易は、しかしこの数年、完全に中断していた。

原因は、文禄《ぶんろく》元年と慶長二年の二度にわたる朝鮮半島への派兵。

世にいう文禄・慶長の役《えき》である。

――天皇の住まいを北京《ペキン》に移し、甥《おい》の秀次《ひでつぐ》を中国の関白に据える。

そう宣言した秀吉が、どのていど本気だったのか？

秀吉という人物を考えるさい、二度にわたる朝鮮出兵は歴史家の頭を長くなやませてきた。

天下人としての秀吉が志向したのは、第一に〝秩序の安定〟である。

刀狩《かたながり》（兵農分離）

検地（職業・住居の移動の制限）

海賊停止令（海上秩序の一元化）

秀吉が断行した主な政策は、いずれも乱世を終わらせ、世の中に安定した秩序をもたらすことを目的としたものだ。

ちなみに、ここでいう「安定した世の中」とは下克上《げこくじょう》を封じ、階級を固定化することで、秀吉のような人物の再現を不可能にする社会のことである。

それはそれで理解できる。

だが、だとすれば、二度の朝鮮出兵はこの方向性から明らかにはずれている。

百歩譲って、最初の朝鮮出兵（文禄の役）には、

〝戦国の余韻いまださめやらず、血気盛んな西国武将を朝鮮半島で戦わせることで、かれらの力を削ぎ、あわよくば半島に領地を与えて自足させる〟

という秘めたる目的があったのではないか――と推測することは一応可能だ（明治維新後も、同様の目的で征韓論《せいかんろん》が日本国内で主張された。朝鮮半島に住む人びとにとっては迷惑千万な話である）。

しかし、二度目は。――

慶長二年にふたたび決行された朝鮮出兵には、どんな秘めたる目的も探すことができない。

たしかに、唐天竺《からてんじく》まで制覇しようという秀吉の気宇壮大な意図があきらかになると民衆は熱狂した。

二度目の朝鮮出兵の触れ書きがかかれた高札の前に京のひとびとが群がり、

「加藤様が大軍を率いて新たに渡海されたんだとよ」

「今度こそは朝鮮も降参するだろう」

「いや、明の使節が来て、すでに太閤様に降伏書を奉じたらしい」

などと、威勢のいい噂話を声高にしている姿があちこちで見受けられた。

断っておくが、当時の京のひとびとに「日本国」などというナショナルな観念はない。かれらはただ〝おらが大将〟である秀吉の豪気ぶりを楽しんでいただけである。戦場は遠く海を隔てた朝鮮半島だ。自分たちが戦場にかり出されることも、戦火にまみえる心配もない。となれば、いくらでも無責任になれる——。

いつの時代、どの地域でも、民衆の反応はそんなものだ。

実際に戦場に送られる武士たちこそ悲惨であった。

文禄の役のさいには意気《いき》盛ん、鼻息荒く出掛けていった者も、二度目の布告には最初から懐疑的であった。

朝鮮国、さらにはその背後にひかえる大明国を相手に戦って容易に勝てないことは、もはや明らかだ。

（そもそも太閤はどこまでこのいくさを続けるつもりなのか？）

（まさか本当に唐天竺まで平らげる気ではあるまい……）

疑念に駆られた日本の武士たちの戦意は低く、二度目の派兵ははじめから苦戦を強いられた。

秀吉はいったい何を考えていたのか？

もしかすると、どんな見通しももっていなかったのではないかとさえ疑われる。

秀吉にはもともと狂躁《きょうそう》の気がある。だからこそ一夜城《いちやじょう》などという誰も思いつかない奇想天外な策で戦に勝つこともできたわけだが、晩年、かれの狂躁はときおり常軌を逸していた感が否めない。

こんにちなお諸説入り乱れる「利休《りきゅう》切腹」令が天正十九年（一五九一年）。翌一五九二年の文禄の役あたりからどうも怪しく、文禄四年（一五九五年）に甥の秀次（一時は関白、左大臣）を処刑し、自ら築いた絢爛豪奢な聚楽第の打ち壊しを命じたとあっては、あきらかに〝おかしくなっていた〟としか思えない。

晩年、秀吉はときおり狂躁の発作に襲われ、別人のようになった――利休や秀次についても、秀吉は後でかれらの死を悼んで涙を流した――という証言が残されている。

妙な噂がある。

天下人に上り詰めたころから、秀吉はお付きの医師に命じてある薬を密かに、だが、頻繁に処方させていたというのだ。

辰沙《しんしゃ》。

丹《に》とも呼ばれるが、要するに水銀化合物だ。

水銀が腐敗防止剤として有効に機能する事実は古くから知られていた。このため、古来中国でも辰沙（水銀）は、不老不死を願う皇帝たちにしばしば求められた。

天下人として位人臣《くらいじんしん》を極めた秀吉が次に望んだものが不老不死であったとしても不思議ではない。

だが、当然ながら〝腐らない〟と〝死なない〟はイコールではない。摂取された水銀は体内から排出されず、やがて中毒症状を引き起こす。時に、狂気を発することもある。（後年ヨーロッパでは、帽子をつくる過程で使用された水銀蒸気を吸い込んだ帽子職人のあいだに、大量の水銀中毒者を出した。ルイス・キャロル『不思議の国のアリス』の挿絵に描かれた、頰が削げ落ち、目をぎょろつかせた〝いかれ帽子屋〟が典型的な例である）。

いささか怪しげな噂だが、一応すじは通っている。

はたして晩年の秀吉が水銀中毒による狂気を発していたのか、否か？

いまとなっては確かめようもない。

二度目の出兵（慶長の役）にさいして、秀吉は戦功の証として首（頭部）の代わりに鼻を持ち帰るよう命じた。このため半島に送られた日本の武士たちは、もともと戦意が低いこともあり、手ごわい敵兵ではなく無抵抗な民間人をとらえて鼻をそぎ、千個ずつ樽に詰めて塩漬けにして持ち帰った。

日本に運ばれた鼻は〝戦功の証〟としてかぞえられた後、京都・方広寺の一角に埋められた。同所にはいまも巨大な塚が現存する。「耳塚」と呼ばれているが、実際は「鼻塚」である。

この野蛮きわまりない行状は、ルイス・フロイスら当時日本を訪れていた多くの宣教師たちを震撼させ、情報はただちにヨーロッパ諸国に発信された。

日本人は野蛮。

というヨーロッパでの根強いイメージは、おそらくここからはじまったものであろう。モンテスキューは『法の精神』（一七四八年）のなかで「日本人は残虐な民族である」と、嫌悪もあらわに記している。

人情の機微を察することに長《た》けた往年の秀吉であれば、この程度の事態を予測できなかったはずはないと思うのだが――。

二度の朝鮮出兵に振りまわされたのは、武将たちにかぎった話ではなかった。

海外派兵のためには大量の船腹が必要だ。

秀吉は、貿易に使われていた船を朝鮮半島への兵および物資の運搬用に提供するよう、京・堺の町衆（豪商）に申し入れた。

無償ではない。

秀吉が提示したのは「朱印状」の交付――〝お墨付き〟の発行であった。時の天下人（政権担当者）のお墨付きがあるのとないのでは、他国との貿易手続き上、雲泥の差が生じる。

朱印船貿易を望む京・堺の貿易商人にたいして、秀吉は朱印状の発行をちらつかせながら、たくみに戦争協力を求めた。

――このいくさが終わったら、おぬしらのもうけ放題。もう少しの辛抱じゃて。

時の天下人・秀吉にそう言われては仕方がない。

二度の朝鮮出兵のあいだ。

京・堺の豪商たちは、足掛け七年にわたって秀吉の二度にわたる朝鮮出兵に協力させられてきた。戦地への航海は危険が多く、与一も優秀な船乗りを何人も失った。報酬は出たが、儲けを期待できるほどではない。

その挙げ句が秀吉の頓死《とんし》である。

秀吉の死を待ちかねたように、朝鮮からの撤兵が決定される。

天下人・秀吉逝去の情報が伏せられたのは、停戦・講和の交渉を少しでも有利にすすめるためだ。

朱印状の話はどこにいったのか、影も形も見えない――。

朝鮮半島から兵を引き上げさせるための船の準備に追われながら、割り切れぬ思いをかみしめていたのは与一ひとりではなかったはずだ。

堺港《さかいみなと》で出船の手配を済ませ、一段落ついたのがようやく三日前。

久しぶりにゆっくりしようと思い、伊年と宗二に声をかけた。が、その後もなんのかんのと後始末に追われて、結局昨夜も休むひまがなかった。

考えてみれば、十日ばかりろくに寝ていない。

──えらい疲れた顔してはりますけど……？

さっき宗二にそう訊かれたが、気が緩んだことで疲れが顔に出たのだろう。

浮かない顔の理由はそれだけではなかった。

与一は窓の外に目をやり、庭の青葉にまぶしく照り返す陽光に眼を細めた。

秀吉の姿が脳裏を横切る。

与一は父に連れられて一度、秀吉に拝謁したことがある。個人的な好悪はともかく、あの赤ら顔の小柄な〝猿のような〟老人が天下を治めていたことは間違いない。

盗賊が横行し、海賊が跳梁跋扈する戦国乱世が長くつづいた。

いい、いくさが打ち続く世の中では、まっとうな商売は成立しづらい。中国の上質な生糸や金襴緞子などの高級絹織物、伊年が描く見事な扇絵、宗二が調達する高価な紙製品が求められるのも、世の中が治まったからこそだ。

不可解な朝鮮への出兵をふくめて、秀吉には民衆のこころを摑む不思議な感覚《センス》があった。こんにち天下が無事治まっているのは、良くも悪くも秀吉個人に対する民衆の絶大な人気に負うていたところがある。

だが、二度の朝鮮出兵が膨大な戦費と兵力をむだに費やすだけの結果に終わったことで、武将たちのあいだでの秀吉の評価は地に落ちた。さらに秀吉頓死の事実が公になれば、民衆のこころが豊臣宗家から離れるのは避けがたい。

もとより国内にはさまざまな不満がくすぶり、暴発の火種はあちこちに転がっている。

秀吉の死で要石《かなめいし》がなくなった。

規律が緩み、ばらばらになる。

その結果は。

――また、いくさになる。

与一は背後の二人に気づかれぬよう、窓の外に顔をむけて、そっとため息をついた。

五　平家納経修理

秀吉の死から二年経った慶長五年（一六〇〇年）九月十五日。

天下の武将《ならずもの》たちが岐阜関が原に集結。二派に分かれ、雌雄《しゆう》を決する戦《いくさ》が行われることになった。

世に言う〝天下分け目の戦い〟である。

東軍七万五千、西軍八万。

これだけの数の武装勢力がひとつ場所で相見《あいまみ》えるのは、日本の合戦史上はじめてのことだ。

東軍を率いるのは徳川家康《とくがわいえやす》。秀吉が死にさいして豊臣政権のあとを託した五大老《ごたいろう》の一人である。

一方の西軍の中心は石田三成《いしだみつなり》。朝鮮出兵はじめ秀吉の意向を忠実に推進してきた有能な官僚型人物だ。が、武将としてはスケールの点で見劣りするのは否めない。結局、西国の雄《ゆう》・毛利輝元《もうりてるもと》が西軍の名目上の盟主としてかつぎだされた。

戦いは、実質上、
　家康派（東軍）対　反家康派（西軍）

というべきものであった。

全国から武将たちが手勢を率いて関が原に続々と集結。

睨《にら》みあう両軍のあいだに戦端《せんたん》がひらかれたのは午前八時頃、と伝えられている。

〝天下分け目の関が原〟

のちの世にはなばなしく喧伝《けんでん》されるこの一戦。

しかし、調べてみると、実際の戦況はどうもぱっとしない。

戦端がひらかれたあとも小競《こぜ》りあい程度の局地戦が行われるばかりで、〝日本合戦史上初の大軍同士の激突〟といった状況にはほど遠い。

理由は。——

はっきりしている。

様子見《ようすみ》の連中が少なからず存在したためだ。

かれらは手勢を率いて関が原に集まったものの、開戦後も双方からの矢のような参戦の要求をどっちつかずの玉虫色《たまむしいろ》の返事でのらりくらりとかわし続けた。

これでは〝戦いは燎原《りょうげん》の火のごとく〟とはならない。せいぜいが湿った薪《まき》に火をつけるようなものだ。

敵味方の判然としない状態での局地戦が続き、正午過ぎ、わずかに天秤《てんびん》が東軍（家康派）に傾くと、これを見た〝様子見の連中〟がいっせいに西軍への攻撃を開始する。これで戦況は一気に東軍優勢となり、午後二時頃にはすでに西軍の敗北が決していた。

開戦からわずか半日余りで、戦いはあっけなく終わった。

〝大規模な戦闘と日和見《ひよりみ》政治が同空間で同時的に進行した珍しい例〟とはいえるかもしれない。

ちなみに、武士階級にとっての江戸時代とは〝関が原〟での論功行賞をもとに分配された領地を後生大事に守っていくことであり、それが〝武士の務《つと》め〟とされた。実際に関が原を戦った者たちは、まさかこの程度の戦がその後二百六十年以上にわたって一族郎党の運命を左右することになろうとは思いもしなかったに違いない。

戦火は関が原より外にひろがることもなく、京の町は破壊を免《まぬか》れた（石田三成・小西行長ら西軍の中心的人物は捕らえられ、京都六条河原《ろくじょうがわら》で斬首《ざんしゅ》された）。固唾《かたず》をのんで成り行きを見守っていた京の人々はほっと安堵《あんど》の息をついた。

そもそも豊臣政権下で行われた派閥争いだ。庶民にとっては、誰が勝とうと関係ない。

秀吉の死後まもなく、後を継いだ秀頼（七歳）が住まいを伏見城から大坂城に移したことで、賑わいの中心が五条から四条へと移っていた。今回の一件（関が原の戦）では、それほどの変化もあるまい、とほとんどの者が高を括《くく》っていたようだ。

戦の結果、一つはっきりしたことがある。

次の天下人は家康殿。

京の町にとってはたしてそれで良かったのか、悪かったのか。

結果が出るのはまだ先の話だ。

翌慶長六年（一六〇一年）、家康による朱印船貿易が開始される。

角倉与一は忙しくなった。


そのころ伊年は――。

俵屋の奥の作業場にひきこもり、職人たちに交じって日がな一日扇に絵を描いている。

相変らず絵を描きはじめると誰が呼んでも返事もしない。あるいは、目を細め、ぼんやりした様子でどこか遠くを眺めている。時折ひょいと顔をあげ、染み入るような笑顔をみせる。

かと思えば、ふらりと出掛けて何日も帰ってこないこともあった。先日も、北野天満宮の本殿に上がり込み、いったい誰にどう頼みこんだのか、奉納《ほうのう》絵巻をひろげて食い入るように眺めている伊年の姿を、使いに出た俵屋の丁稚《こども》が目撃していた。そのくせ、どこに行っていたのかと本人に尋ねても、伊年は小首をかしげ、「面白い絵があったんで、ちょっと見せてもろとった」と言ってへらりと笑うばかりだ。

どうやら本当にどこに行っていたのか本人も覚えていない、もしくは「見てきた面白い絵」のことで頭がいっぱいでそれどころではないらしい。

幸い、扇の注文は途切れなかった。

それどころか、「俵屋の扇」は好事家《こうずか》・趣味人のあいだで次第に評判が高くなり、扇を求めて遠方からはるばる足を運ぶ者もいるくらいだ。不思議なもので、かれらは数ある商品のなかから決まって伊年が手掛けた扇を選んで買っていく。

——俵屋の扇を使うと舞台の空気が変わる。

そんなことを言う演能者もあった。

俵屋の主人・仁三郎はそのたびに目を細め、鼻をひくつかせる。番頭の喜助をつかまえて自慢する。

「どや、喜助。わたしの見込んだとおりやないか。見てみ、その内うちのぼんは、きっと俵屋を京で一、いや、天下一の扇屋にしてくれますわ」

喜助はそのたびに、そうどすなぁ、そうなったらよろしおすなぁ、楽しみどすなぁ、とあいづちをうつ。腹の中では、もうじき三十になろうかという伊年をつかまえて、いつまでも〝うちのぼん〟もないもんや、と思う。それから、主人・仁三郎の顔をそっとうかがい、大丈夫やろか、と少し心配になる。

醍醐の花見の頃をさかいに、俵屋主人・仁三郎は床《とこ》につくことが多くなった。まだまだ老け込む年齢ではないはずだが、髪の毛が真っ白になり、肌の色艶《いろつや》がひどく悪い。自分からは言わないが、咳《せ》き込んで一晩中眠れないこともしばしばあるようだ。

若旦那の伊年に少しでも早く商売を覚えて、店を継いでもらいたい。そう思っているのは喜助だけではないはずだ。思い余って仁三郎に直接進言したことも何度かある。が、仁三郎はいつも「そのうち、そのうち」と笑うばかりで取り合おうとしない。

「商売のことなら、だれにでもできます。そやけど、うちのぼんの絵は、あれはだれにでも描けるもんやおまへん」

そういって、相変わらず伊年の好きかってにさせている。

(ほんまかいな)

喜助は半信半疑だ。

それに比べて――。

喜助は仕事の手をとめ、小さくため息をついた。

伊年が俵屋に養子に来たばかりのころ一緒に遊びまわっていた近所の子供連中は、

いまではすっかり大人になり、立派に店を切り盛りしている。角倉のぼんは、あれはまあ別格としても、紙屋の次男坊も最近はたいそうな活躍ぶりで、商いのはばを広げ、店をだいぶん大きくしたという評判だ。

その紙屋の次男坊の使いの者が伊年を訪ねてきて、奥の座敷で話をしている。

——何話しとるんやろ？

首をかしげていると、店の奥から伊年がばたばたと駆け出してきた。見れば、絵を描く道具一切合財をまとめて背撓《せたろ》うている。

店表で喜助とあやうくぶつかりそうになった。

「宗二に呼ばれたんで、行ってくる。めったにない面白い絵が見られるそうや。何日か、留守にすると思う」

伊年はもどかしげにそう言って、いそいそと草鞋《わらじ》をはいている。

はて、と喜助は眉を寄せた。

紙屋なら同じ町内だ。目と鼻の先。何日か留守にする理由はない。

「紙屋に行くんと、ちゃいますのか？」

——ちがう。

と短く答えたときには、伊年はすでに表の道を駆け出している。

「ほんなら、どこ行きはるんで？」

背後からかけた声に、伊年は一瞬足をとめ、肩ごしに振り返ってこたえた。

「ちょっと安芸国《あきのくに》まで」

「安芸国、って……」

喜助は唖然として呟いた。

「自分とこの店ほっといて、ええ身分でんな！」

喜助の皮肉は、角を曲がった伊年の耳にはもう届かない。


安芸国。

現在の広島県である。

当時の安芸・備後《びんご》領主は福島正則《ふくしままさのり》。

幼時より秀吉に仕え、賤ヶ岳七本槍《しずがたけしちほんやり》の筆頭。秀吉のもと尾張清洲《おわりきよす》二十四万石城主に任ぜられるが、関が原の戦いでは東軍（家康派）に与《くみ》し、その功を認められて安芸備後四十九万余石を与えられたばかりだ。

二十四万石から四十九万余石。

年間の売上が一気に倍になったと考えれば話は早い。

今を時めく出世頭の一人、といっていいだろう。

安芸国領主として彼が最初に取り組んだのが、厳島《いつくしま》神社奉納品の修理修繕だった。

厳島神社には、古来、武将の奉納品が多い。源平《げんぺい》時代から諸国の武将たちは、こぞって厳島明神に人をつかわし、あるいは自ら足を運んで戦勝を祈願してきた。勝てば、お礼の品が奉納される。源義家《みなもとのよしいえ》の甲冑《かっちゅう》、足利尊氏《あしかがたかうじ》の短刀、豊臣秀吉の太刀《たち》、毛利元就《もとなり》の槍など、甲冑刀剣の類いは数え切れない。

厳島神社は社殿の大半が深い入り江の奥の潮干潟《しおひがた》の上に建てられ、満潮時には壮麗な朱塗りの建築群が海上に展開する。入り江の入口、海上にたてられた大鳥居《おおとりい》を含め、その独特の景観は国内に他に例がなく、海外に目を転じてもわずかにモン・サン・ミッシェル寺院が類例として思い浮かぶくらいだ。

景観としては無類。

一方で、奉納品の保管場所としてはいささかやっかいな場所である。いくら気をつけていても、どこからともなく潮気が入り込んでくる。時間とともに潮錆《さ》びた貴重な奉納品の数々を、磨き、研《と》ぎ、あるいは新たな紐で綴じ直す。

いいかげんなものだけに失敗は許されない。

全国各地からさまざまな分野の職人たちが呼ばれた。

そのなかに「紙屋宗二」が含まれていたのには、理由《わけ》がある。

奉納品のなかに、ひときわ異彩を放つ品があった。

平清盛《たいらのきよもり》が自ら筆を取り、手ずから奉納したと伝えられる法華経《ほけきょう》経典一式だ。
金銀の金具をあしらった豪奢な銅製の経箱《きょうばこ》をひらいてたしかめると、一部に潮によ
る腐食がみとめられた。
経典と武具を同列に扱うわけにはいかない。
宗二の家は、ふるくから京で紙を扱ってきた紙屋《かんや》だ。表具師《ひょうぐし》を兼ね、店の主人は
代々「紙師」を名乗っている。
一口に紙といっても用途は千差万別、種類はさまざまなら、値段もピンきりだ。長《ちょう》
兄《けい》が店を継いだあと、次男坊として比較的自由のきく宗二は、たんに紙の卸販売だけ
ではなく、紙について何でも相談を受けてアドバイスを与えるコンサルタント業、さ
らには適切な業者を紹介する仲介業まで商いのはばを広げた。
もともと人好きのする宗二の性格ともあいまって、商売は成功した。最近では元々
の客層の京や堺の町人・商人ばかりではなく、公卿や武家大名など、身分の貴賤《きせん》を問
わず、さまざまな階層の者たちから種々雑多な依頼が宗二のもとに舞い込むようにな
っている。
――京で一番の経師屋《きょうじ》。紙のことなら何でも承ります。
いい、はでな謳《うたい》文句を聞きつけた福島公が宗二に声をかけてきた、というわけだ。
昨今、飛ぶ鳥を落とす勢いの福島公からの直々の依頼である。若き紙職人としての

自負も自信もある。宗二は意気揚々《ようよう》と安芸国に乗りこんできた。ところが。

「よう来てくれはりました」

到着を告げると、宗二が待ち兼ねていたように飛び出してきた。しばらく見ないあいだに頬がこけ、珍しい不精髭《ぶしようひげ》。それ以上に神経質になっている様子だ。

「まあ、見ておくれやす」

手を取らんばかりにして、神社の一隅にもうけられた作業場へと伊年を案内した。

「本格的に修理が必要なんは、ひとまずこの三巻」

そういって、作業台の上の経典巻物三巻を示した。

題簽《だいせん》、発装《はっそう》には金銀透かし金具をあしらい、軸端《じくばな》は水晶。見事なつくりだ。さすがは、平安時代の装飾技術の集大成と謳われるだけのことはあるが――。

ずいぶんな傷《いた》み具合である。

宗二は眉を寄せ、経典の表に指をそっとはしらせながら早口に説明した。

「原紙は鳥の子――楮《こうぞ》と雁皮《がんぴ》の皮をまぜて漉《す》いた紙で、卵色をしとるんで鳥の子紙。温かで、筆の走りが良いのが特徴どすな。これを浸染《つけぞめ》、引染《ひきぞめ》して、一紙ごとに色変わりを出して、経文も料紙の色の変化に応じて書き分けられとります。鳥の子紙はほんまはえらい丈夫なものなんどすが、この三巻は、潮が入り込んだせいなんか、きつう傷《いた》んどります。それは、まあ、こっちで何とかします。問題は――」

宗二は言葉を切り、顔をしかめて、巻物の端の部分をひらいて伊年に見せた。

表紙と見返しがぼろぼろだ。

そこに描かれていたはずの絵が、見るかげもなく、ほとんど消えかかっている。

新たに絵を描かなければならない。

となれば、紙屋の職域外だ。

それにしても。

伊年は首をかしげた。

由緒《ゆいしょ》ある平家納経《へいけのうきょう》だ。豊臣家御用絵師の狩野派、もしくはかつて宮廷絵所預《きゅうていえどころあずかり》を務めていた土佐派の絵師たちに依頼すれば良いではないか？

そう思って巻物から顔をあげると、宗二は気まずい様子で視線をそらせた。

すでにかれらに頼んで、断られた。

そういうことだ。

狩野派の絵師たちは元々、経典修理を経師屋仕事として一段低く見ている。やまと絵を得意とする土佐派の絵師たちにしても、事情は同じだろう。

そのくせ、今回の仕事は万が一のことがあれば文字通り首が飛ぶ。あえて火中の栗を拾うようなものだ。後難《こうなん》が怖くて引き受けないのも無理はない。

「どない言うたら、エエんやろか」

宗二は視線をそらしたまま、もぞもぞと言った。

「狩野派や土佐派の絵師が描く今様《いまよう》の絵はなんや忙《せわ》しゅうて、この経典にはあわんような気がするんですわ」

なるほど、後付けでも理由は理由だ。かといって、誰にでも頼めるたぐいの仕事ではない。

「ここはひとつ、伊年はんを京で一、いいや、天下一の絵付師と見込んで。このとおりどす」

宗二は片手を顔の前に上げて拝んでみせる。

伊年はくすりと笑った。

(無茶、いいよる)

困ったときの何とやらだ。

「なあ、そんなことより」

「なんでっしゃろ?」

身を乗り出した宗二に伊年はにっと笑い、舌なめずりをするようにしていった。

「はよう、ほかの経典の絵も見せておくれ」

伊年の側でも、なにも宗二が困っていると聞いて、人助けのためにはるばる安芸国くんだりまで足を運んだのではない。

めったにない面白い絵がある。

そのことばにひかれて来た——。

お互い様だ。

＊

「……どないどす？」

宗二の声で、伊年ははっと我に返った。

一瞬、自分がどこにいるのかわからなかった。目を瞬《しばたた》いて、あたりを見まわす。

「えらい長いこと、熱心に見てはりましたけど……」

遠慮がちにたずねる宗二をぼんやり眺めているうちに、思い出した。

平清盛が厳島神社に奉納した装飾経典、全三十三巻。

修繕の必要な三巻を除けば、経典の表紙・見返しに描かれた絵はいずれも四百年前に描かれたとは思えないほど色鮮やかな原形を留めていた。

「紙ちゅうもんは元来、丈夫なもんどしてな。保管状態さえよければ、四百年が五百年でもこのとおり。千年はもつ、言う者もおるくらいどす」

宗二は自慢げにそう言うと、ぐすりと一つ鼻をすすり、

「修理が必要な三巻は、経箱の隙間から潮が入りこんだんか、しまうときに潮がついたままやったんやないかと思います。それから、もう一つ」

表紙の装丁には薄絹が使われていた。紙ではなく薄絹に描かれていたから、絵が消えてしまったのではないか、と宗二は自分の推理を述べた。

宗二にとっては、何はともあれ紙が一番なのだ。宗二はその後も紙独自の優れた点についてあれこれ語っていたが、伊年は途中から話を聞いていなかった。

経典に目が吸い寄せられる。

表紙と見返し部分に、それぞれ絵もしくは装飾が描かれている。平安時代の絵師たちが、四百年以上も前に描いたものだ。

はじめて目にした瞬間、伊年は息ができなくなった。

形や色のあいだから音が聞こえた。

次の瞬間〝ここではないどこか〟に連れていかれた。あえて言うならば、絵に封じ込められていた上代の空気のなかにだ。優美で繊細、絢爛豪華。しっとりとした情感をただよわせながら、どこか醒めた飄逸味（ユーモア）を感じさせる不思議な世界。一方で、かたく、冷たい、唐渡りのひどく高価な磁器の面《おもて》を見ているような気分にもなる。

経典づくりに携わった者たちは、清盛を含め、皆とっくに死んで塵《ちり》になっている。ただこの経典だけがこうしていまも残って、見る者を惹《ひ》きつけ続ける。

たしかに、狩野派や土佐派が描く今様の絵とはまるでちがう。

これは、いまを生きている者の目を楽しませるためだけに描かれた絵ではない。絵を描いた者たちは、未だ存在しない誰か、いつかこの絵を見るであろう誰かの目を確信している……。

伊年は、自分でも不思議なほど経典絵に魅了された。

こんな機会はめったにあるものではない。

――この仕事、俺にやらせてくれ。

伊年は経典に目を落としたまま、ごくりと唾《つば》を呑み込むようにして言った。

「ほんまどすか！」

宗二がぱっと顔を輝かせて伊年の言葉に飛びついた。

「おおきに、ありがたい！　わいも、伊年はんやったらきっと引き受けてくれる思とりましたんや。一蓮托生《いちれんたくしょう》。死なばもろとも。持つべきものは友やな。ほな、よろしゅうお頼みもうします！」

両手を合わせて拝むように言った。

伊年は――。

宗二の言葉など、最早耳に入っていない。早速絵道具をひろげ、目の前の経典の絵をせっせと描き写しはじめている。

「平家納経」は、伊年を夢中にさせた。

まず、金銀の箔《はく》や泥、彩色、染紙などさまざまな技法が駆使された料紙の美しさに目を奪われた。料紙の表と裏のすべてに文様や絵を描き、軸端、題箋、発装などの水晶や金具などの細工も一つとして同じ物がない。

〝尽善尽美《じんぜんじんび》（善を尽くし、美を尽くす）〟

奉納者である平清盛の言葉どおり、経典は平安末期の爛熟《らんじゆく》した美意識の結晶であり、これでもかといわんばかりの見本市であった。

各経典の表紙・見返しには、経意に関連したさまざまな絵が描かれている。蓮の花が咲き、雲がたなびき、州浜《すはま》がひろがる。漢画があり、やまと絵がある。

戦乱の世が起こって途切れてしまう以前に、京に花開いていた豊かな王朝文化だ。

伊年は平安の絵師たちが遺した絵柄・図案を貪るように吸収した。

頭の中の画帳が豊かになっていくのが自分でもわかる。もっとも——。

消えかけた絵を新しく描くのは、これはまた別の話だ。

（なんやろ？）

伊年はさっきから修理を必要とする経典を目の前にひろげて首をかしげていた。

願文《がんもん》。

奉納発願《ほつがん》の趣旨を記した清盛自筆の巻だ。薄絹装丁の表紙と見返しが劣化し、そこに描かれていたはずの絵がほとんど消えかかっている。

薄く消え残ったかすかな痕跡を、宗二と二人で雁首をならべ、目をすがめて何度眺めたかわからない。

「土坡《どは》に日（月）の出、あるいは日（月）の入り。わてには、そんなふうに見えますけどなぁ」

宗二はさんざん眺めたあと、首をかしげてつぶやいた。

なるほど言われてみれば、「厳王品《ごんのうほん》」と呼ばれる別の巻の表紙絵

「山の端《は》に沈みゆく銀月」

の構図によく似ている。一度そう見はじめると、他のようには見えなくなる。だが。

（違うな）

伊年は経典を前に腕を組み、うんと唸った。

他の経典は一巻一巻絵が異なっているのだ。同じものであるはずがない。第一、同じものを描くのでは、伊年自身がつまらない。

何度か下絵を描いてみた。松を描き、千鳥を描き、竹を並べ、四季の草花を描いた。雲を描き、稲妻形の図案を描いた。

ああでもない、こうでもない、と何度もやり直した。

これまでに目にしたどんな絵を当てはめてもうまくいかなかった。他の経典絵の間におくと、どんな絵も場違いな気がした。

七日たち、十日たっても、満足のいく下絵にならなかった。

宗二がときどき作業場を覗きにきた。伊年が描いた下絵を覗いて「これでエエんとちゃいますか」と遠慮がちにいったが、伊年は頑として首を縦に振らなかった。

平安の絵師たちに見られている。

――無様《ぶざま》な仕事をするくらいなら、首を置いて帰った方がましだ。

と意地になっていた。

作業場に籠もって何日目のことだろう、夜になっても眠れず、板塀《いたべい》によりかかって絵柄・図案をあれこれ頭の中で並べ換えているうちに、気がつくと辺りが薄明るくなっていた。

(また、やってしもた)

伊年は苦笑し、よいしょと掛け声をかけて立ち上がった。大きく伸びをして、顔をしかめた。一晩中ずっと同じ格好で座っていたので体のあちこちが痛い。体をほぐしに少し歩いてこようと思いたち、ひさしぶりに作業場の外に出た。

朝日はまだ昇っていなかった。

ちょうど潮がさしている時刻で、厳島神社の丹塗《にぬ》りの社殿は海の上に浮かんで見える。回廊の脚下を魚が泳ぎ、水の中に建つ柱の間をくぐりぬけていく。

日の出前のもやが白く海の上にたなびき、海上の大鳥居はまるで雲のなかに浮かんでいるようだ。

荘厳ともいえる景色にしばし見とれていると、背後で烏《からす》の声が聞こえた。

振り返ると、軒端に烏がとまっていた。檜皮葺《ひわだぶ》きの社殿の屋根ごしに山がせまって見える。

朝もやに白くかすむ山の斜面に動く姿があった。

鹿の親子だ。

厳島神社では、古来鹿たちは烏とともに神の使いとして大切にされている――。

ひょいと、おくにの顔が脳裏に浮かんだ。

なぜ唐突におくにを思い出したのか、自分でもわからない。しかも、久しぶりに思い出したおくにには、床の上に仰向けに転がり、腹を抱え、足をばたばたさせて大笑いしていた。傍らには美しい銀目の白猫。長いしっぽをゆらゆらさせて、ちょこんとすわっている……。

伊年はふいになにごとか思い当たり、くすりと笑った。

(それが、わいの本真《ほんま》の顔やったな)

同時に、経典の絵をはじめて目にした瞬間、自分が何に強く惹かれたのかを思い出した。

平安の王朝風の空気だ。しっとりとした、こまやかな情感をもっているくせに、その奥に漂う軽《かろ》やかさ。一種のユーモア。

それが〃見てもらおう、見てもらおう〃と肩をいからせた今様の絵とのちがいだ。だから、これまでに伊年が目にしたどんな絵を当てはめてもうまくいかなかった。他の経典絵のあいだにおくと、どんな絵も場違いな気がする理由だった。

顔をあげ、ふたたび社殿の背後の山肌に目をむけた。

子鹿を連れた親鹿が、背中を丸めて足下の草を食《は》んでいる。

社殿の背後の山の端から、朝日がのっと顔を出した。

伊年は目を細めた。柔らかな風が頬をなでるように吹き抜けてゆく。

急に肩の力が抜けた。

目の前の霧が晴れ、描くべき絵が頭に浮かんだ。

(ああ、そうか)

願文表紙は「薄《すすき》」。

見返しには「背中を丸めた鹿が足下の草を食む図」を描く。

他の二巻（嘱累品《ぞくるいほん》、化城喩品《けじょうゆほん》）についても、州浜、磯山に波形文様、それに松、梅、槙を配した構図がすらすらと決まった。

いままで悩んでいたのが嘘のようだ。

金銀泥をふんだんに使って描き上げられた絵を見て、宗二はちょっと妙な顔をした。

「ええ絵やとは、思いますけど……」

上目づかいに伊年の顔を覗き見る。伊年が知らん顔をしていると、絵を眺め、さんざん首をひねっていたが、降参した様子で意味をたずねた。

〝すすき〟は秋《あき》、つまり安芸《あき》国の見立て絵だ。

〝鹿〟は厳島神社の鹿が草を食む鹿原《ろくはら》と、平清盛の住まいがあった六波羅《ろくはら》の懸詞《かけことば》。

さらに、鹿の背中の丸みを土坡から昇る（沈む）月（日）の曲線に見立てて描いた——。

伊年のこたえに、宗二は目を丸くし、しばらく呆気にとられた様子であった。

「……気は、たしかどすか？」

黒犬がおあずけをくらったような宗二の顔に、伊年は思わずふきだした。

「たしかも、なにも、見立てや懸詞は王朝和歌の常套《じょうとう》手段やないか」

――大丈夫。これで合《お》うとる。

からりと請《う》け合った伊年は、少し考えて小声で付け足した。

「そもそも誰も見たことがない絵なんやろ。合うとるもなにもないわい」

自信満々、平然とうそぶく伊年は、まるで人がちがったような朗《ほが》らかさだ。宗二はなんだかそら恐ろしいような感じで、それ以上はなにも言えなかった。

数日後。

傷《いた》んだ経絵は、伊年が描いた新しい絵に改められ、「平家納経」修理修繕が終了する。

宗二が恐る恐る差し出した経典一式は、福島公によって無事嘉納《かのう》された。

六　二つの天下一

明けて、慶長八年（一六〇三年）二月。

徳川家康が征夷大将軍《せいいたいしょうぐん》に任ぜられる。

関が原で反対勢力を一掃《いっそう》した家康が朝廷に自らはたらきかけた結果だ。

勝てば官軍。

権威は常に〝勝利した側〟に授けられる。

家康はこれで名実ともに〝天下一〟の武将の座についた。かれが目指したのは、徳川家を頂点とする武家政治の復活である（ちなみに、家康に先行する二人の天下人、信長・秀吉は征夷大将軍の肩書をあえて欲しなかった。かれらがどのような統治システムを思い描き、またそれがどの程度有効性をもちえたのかは、歴史にもしがない以上、残念ながら検証のしようがない）。

それにしても――。

征夷大将軍
とはまた、大仰な肩書である。

織田が搗《つ》き　羽柴《はしば》がこねし天下餅　座って食うは徳川家康

当時世に流行《はや》った戯《ざ》れ歌を当の家康自ら口ずさんでいたというから、よほど精神の面《つら》の皮の厚い男だったのだろう。

余談だが。

幕末の世に生まれ、醒め過ぎた目の持ち主であった高杉晋作《たかすぎしんさく》が、街道を行く当時の徳川将軍の行列にむかって「よお、征夷大将軍！」と声をかけたという、まるで「裸の王様」の寓話を地でいく逸話が伝わっている。話としてはいささか出来すぎの気がしないではないが、肩書や権威の虚構性が現実の地平に暴露された珍しい瞬間である。

高杉晋作のひとことでメッキがはがれ落ち、真実が露呈するまでには、まだ二百六十年の時を待たなければならない。

慶長八年の時点では〝天下一の武将〟征夷大将軍・徳川家康の権威はまぶしいほどの金色に輝いている。たとえそれが金メッキだとしてもだ。

同じ年。

もう一つの〝天下一〟の旗が世にひるがえる。

こちらは文字どおり「天下一」と書かれた何十本もの幟《のぼり》が、京の北西、北野天満宮の境内にへんぽんと翻《ひるがえ》ったのだ。

春の陽気に誘われて北野をおとずれた京のひとびとが見上げる先には、

〝天下一のかぶきをどり〟

の文字。そして、

――一座の中心は出雲阿国《いずものおくに》いう女やそうどす。

話し声が聞こえた瞬間、伊年は筆を持つ手がすべり、描きかけの扇絵をあやうく台なしにするところであった。

声の主は、使いから戻ったばかりの俵屋の丁稚《こども》だ。見世裏の作業場に来て、職人たち相手にしゃべっている。目を輝かせ、興奮した様子で語る丁稚の話によれば、

〝天神さんの境内は天下一のかぶきをどりを目当てに集まったひとびとでえらい賑わい〟

だという。

(あのおくにが京に戻ってきた?)

伊年は筆を手にしたまま、半信半疑で首をかしげた。

安芸国から戻って以来、伊年はまた作業場にこもりきりであった。「平家納経」で平安時代の絵師たちが試みていた、たとえば画面に切り箔を散らし、あるいは金銀下

地に王朝風の濃絵を合わせるといったさまざまな工夫を扇絵に応用して、少しも飽きなかった。

組み合わせは無限。問題は、どの組み合わせがもっとも面白いかだ。

伊年は新しい扇絵の工夫に没頭した。時間を忘れ、寝食を忘れるのはいつものことだ。絵を描いている途中で他人の話が耳にはいることさえ最近では珍しい……。

筆先からポタリと一滴、描きかけの絵の上に絵具がしたたり落ちた。

伊年は顔をしかめ、持っていた筆を絵皿に戻した。

おくにが忽然《こつぜん》と姿を消して五年。

――一座の中心は出雲阿国。

真実《ほんとう》なら、一座を率いての凱旋帰京だ。しかも〝神社境内のこやがけは河原より格が上〟という話を聞いたことがある。

おくにの顔が脳裏に浮かんだ。銀目の白猫も一緒だ。

伊年は顔を上げ、作業場の窓に目を向けた。

連子《れんじ》窓《まど》ごしに久しぶりに見た空は、やわらかな春の色。

伊年は思い切って腰を上げた。

「おや、こんな時分にお出かけどすか？」

表で番頭の喜助に声をかけられた。

「珍しいこともあるもんやな。雨でも降るんやろか」

喜助は大袈裟に空を仰いでみせる。

「どこ行きはるんで？」

「ん？　ちょっと……」

伊年は口のなかでもぞもぞとこたえた。

「ちょっと、とかいうて、また安芸国に行くんやおまへんやろな」

背中の喜助の声は聞こえないふりで、伊年は通りをぶらりと歩き出した。


境内に近づくと、にぎやかな呼び込みの声が聞こえてきた。

——さあさあ、とくとごらんあれ。天下一のかぶきをどり、天下一のかぶきをどりだよ！

——出雲の阿国のかぶきをどりは天下一！　見なきゃそん、そん、そん！

伊年は足をとめ、左右を見まわして、首をすくめた。

丁稚の話にもまして大変な人出である。立売《たちうり》の店なども出て、まるで祭りの日のようなにぎわいぶりだ。

北野天満宮は「天神さん」の愛称で古くから京のひとびとに親しまれてきた。祀神《しじん》は菅原道真《すがわらのみちざね》。

平安初期のお公家さんだ。

讒言《ざんげん》により大宰府《だざいふ》に流され、無念の死を遂げた道真は、雷神（悪霊）となって都に舞い戻る。都は凄まじい嵐に見舞われ、彼に罪を着せた者たちの頭上には連日恐ろしい雷が降り注いだ。

執念深い悪霊・菅原道真の怒りを鎮めるべく建てられたのが、北野天神の起源である。

しかし、もともと宮中の権力争いなどなんの関係もない、したがって道真に恨まれる筋合いなど何ひとつない京のひとびとには、北野天満宮はなんといっても都から近すぎず遠すぎないロケーションの良さが受け、かっこうの行楽地《こうらくち》として気軽に利用されてきた。

親しみやすい「天神さん」の愛称と、「学問の神様」という意味の上塗りは、陰惨《いんさん》な起源を封じる〝お札《ふだ》〟のようなものだろう。

その北野天満宮境内のいたるところに、

「天下一」

または、

「天下一のかぶきをどり」

と染め抜かれた色とりどりの幟がたちならび、うららかな春の青空を背景にはためいている。伊年は幟の一つを見上げて、首をひねった。

〝かぶきをどり〟など、聞いたこともない。

爪先立ちになり、めいっぱい首をのばして、境内を行き来する大勢の者たちの頭越しに前方に目をむけた。

境内の一隅に、しっかりとした木組みの舞台が見えた。四条や五条の河原でよく見かけるのは、周囲に緞帳を巡らせただけの仮組みのこやだ。それらとは明らかに一線を画した建築物である。

定（常）舞台。

河原にせよ神社境内にせよ、芸能のための舞台は普通はあくまでこやがけであり、定設は許されない。

よほどの後ろ盾があってのことか、あるいは――。

（ほんまに天下一いうんかいな？）

そう考えて、伊年は我知らず苦笑した。

〝天下一〟は、もとは信長や秀吉がひいきの陶工《とうこう》や面打師《めんうちし》、あるいは能楽師《のうがくし》といった者たちに好んで与えた称号だ。客観的な根拠のある肩書ではない。

信長・秀吉亡きあと言葉だけが一人あるきし、昨今は素性《すじょう》の知れぬ〝天下一〟が京の町にあふれている。

伊年はいつものぼんやりした顔に戻り、人込みにもまれるように歩きだした。

さまざまな噂話が、うるさいほど耳に飛びこんでくる。

なかに、出雲阿国一座の〝天下一〟の称号は結城《ゆうき》秀康《ひでやす》公（家康の次男）から与えられたものだ、などとさかしらにしゃべっている声もあった。

（ほんまかいな？）

伊年は、依然として半信半疑だ。人込みのあいだに、いくつもの疑問が泡のように浮かんでいる。

（出雲阿国いうのんは、ほんまにあのおくにのことやろか？）

（なんでこんなにぎょうさん人が集まっとるんやろ？）

（そもそも、かぶきをどりいうのはいったい何や？）

…………。

こたえを知る方法が目の前にある。

伊年は足を止めた。

間近で見る出雲阿国一座の定舞台は、文字通り見上げるばかりの大きさだった。表はざっと六間余り。奥行きはもっとあるだろう。しかも、二階建て。桟敷席まであるらしい。四条、五条の河原で見かける通常のこやとは比べものにならない。

――えい、ままよ。

伊年は小さく呟き、入り口で金を払ってこやのなかへ足を踏み入れた。

広い客席は、押すな押すなの人込みであった。

伊年が席について、じきに満員御礼の札が出た。ざわめきが客席を埋め尽くしている。人いきれで気分がわるくなりそうだ。

（かなわんな）

伊年は顔をしかめた。人込みはどうも苦手だ。

突然、太鼓が激しく打ち鳴らされた。高く笛の音が鳴り響く。

男が一人、舞台奥から歩み出てきた。

ど派手な赤地金襴に萌黄裏《もえぎうら》の羽織《はおり》をまとい、紅梅《こうばい》の肌着に唐織りの小袖。

顔の両側に布を長く垂らした切妻型《きりづま》のおくそ（カラムシ）頭巾《ずきん》。

首から修験者《しゅげんじゃ》が用いるような苛高《いらたか》の大数珠《じゅず》を幾重にもぶらさげている。

腰に帯びた大太刀は、鮮やかな白鮫皮《しろさめがわ》の鞘に、きらりと光る大きな黄金の丸鍔《まるつば》。

見たこともない、奇妙奇天烈《きみょうきてれつ》な恰好だ。

異装
としか、言いあらわしようがない。

異装の男は舞台中央で足をとめ、鞘ごと抜いた大太刀を、どんっ、と床についた。

体をくの字に、上半身を太刀に寄りかからせるようにして、低い声で謡いはじめた。

所千代までおはしませ
われらも千秋さぶらはう

伊年は思わず、あっと声をあげた。

異装の男と見えたが、女だ。

女にしてはやや低い、だが、よく通る声。その声に伊年は聞き覚えがあった。


鶴と亀との齢にて、幸ひ心にまかせたり……


ぬめりとした重い絹織物の手触り。

間違いない。

おくにの声だ。

床についた大太刀にゆったりともたれ掛かるポーズもそのままに、異装の男が顔を上げ、大入りの客席にむかって見得《みえ》を切る。

頭巾の布がはらりと流れ、隙間から男髷に結《ゆ》ったおくにの顔が見えた。

常連とおぼしき周囲の客たちが、待ってましたとばかりに声をかける。

――よお、出雲の阿国！

――天下一！

万雷《ばんらい》の拍手と歓声のなか、派手な白鞘の大太刀を肩にかついだおくにがしゃなりしゃなりと引き上げていく。

入れ替わるように舞台袖から一座の者たちが十数名小走りに出て、舞台を埋め尽くした。

見たところ、十から十四、五の、いずれも若い女ばかり、皆おくにを真似た豪奢な服装だ。賑やかな音曲に合わせて、若い女たちが踊りはじめる。手足を大きく動かし、体をくねらせ、その場で跳びあがる。抑制を欠いた、派手な動き。そのくせ、全員の動きはぴたりと揃っている。鮮やかな色の袖や裾のあいだから、ときおり白い素肌がちらりと覗く。

伊年はすっかり度肝を抜かれて、目をしばたたいた。

周囲を見まわすと、観客の多くは〝これぞ期待どおり〟といった御満悦の様子で、身を乗りださんばかりにして舞台に見入っている。

店の作業場に引きこもり、絵ばかり描いている伊年は知る由もなかったが――。

この頃、〝かぶき〟もしくは〝かぶき者〟といえば、京の町で知らぬ者がないほどの流行語であった。

たとえばこの年（一六〇三年）、日本を訪れていたイエズス会宣教師たちによって編まれた『日葡辞書《にっぽじしょ》』（日本語＝ポルトガル語辞書）には「カブキ」の項目が独立して見られる。意訳すれば、

〝正統的・伝統的ではない異様な風体。自由で、色めいた、派手な行動を意味する言葉。カブイタヒトをさしてカブキモノという〟

あるいは、

〝我儘御免《わがままごめん》の人……事情かまわず不当にうち興ずる人〟

といった具合だ。

当時は、

傾奇《かぶき》

の字を当てたらしい。とはいうものの――。

所詮は一時の流行語である。

世にあまねく知れ渡った流行語が、わずか数年後にはすっかり忘れ去られる状況はいまも昔も変わりない。塵芥《ちりあくた》のごとく消えゆく運命にあった「かぶき」の語、さらにはその語を冠した「かぶきをどり」を日本語として定着させたのが、出雲阿国一座で

あった。

「天下一」の旗の下、出雲阿国がはじめた「かぶきをどり」は、その後「歌舞伎《かぶき》」へと受け継がれ、四百年後のいまに至っている。

では、出雲阿国一座の「かぶきをどり」とはいったい如何《いか》なるものであったか？

残念ながら、具体的な内容はほとんど伝わっていない。

一説には、カブキモノの姿をした男装の阿国が（当時京の町で流行の）茶屋通いをして、女と粋に戯れるさまを歌と踊りをまじえて演じてみせた、ともいわれるが、これだけでは何のことかわからない。現在《いま》でいう、最先端の流行を取り入れた風俗劇《トレンディー・ドラマ》といった感じだろうか？

そうではなく、むしろ宝塚歌劇団のレビューとミュージカルを合わせたようなものだった、という説もある。

いずれにしても、派手な衣装と華麗な舞台装置、群舞《ぐんぶ》、スピーディーな場面転換など、娯楽的な要素の強いショー形式の舞台であったことは間違いない（ちなみにレビューと呼ばれる舞踏、音楽、曲芸、寸劇などを組み合わせた豪華多彩なショーがフランスで行われるのは十九世紀末。これより三百年後のことである）。

誰も観たことがない斬新な舞台に、京のひとびとは熱狂した。

評判を聞きつけた者たちが次々に北野を訪れ、定舞台は連日〝満員御礼〟、入り切れない者たちがこやの周囲を幾重にもとりまく事態がしばしばおきたほどだ。

出雲阿国一座の〝かぶきをどり〟は、都各所にこやがけする他の見世物興行を圧倒し、一世を風靡《ふうび》した。

ところで。――

興行的成功には、一つ絶対に欠かせないものがある。

スターの存在だ。

客はスターを観に来る。

そのために、わざわざ足を運び、金を払う。

出雲阿国一座のスターは、いうまでもなくおくにその人であった。

ふたたび舞台に姿を現したおくにの恰好に、伊年は目を瞠《みは》った。

桜模様の小袖の上に南蛮更紗《さらさ》の袖無し胴着をかさね、重たげな緞子《どんす》の袴。首から水晶のロザリオと大きな十字架が付いた黄金の鎖をぶらさげ、腰には瓢箪《ひょうたん》、巾着《きんちゃく》、印籠《いんろう》など、形も色も異なるさまざまな小物を吊りさげている。そのうえ、目の覚めるような緋色の長柄の唐傘《からかさ》をたかだかと肩にかついだ、まず途方もない〝かぶき者ぶり〟である。

おくには舞台中央に歩み出ると、緋色の唐傘を肩にかついだ姿勢で、ゆったりと台詞《せりふ》を口にする。

すはわが君を怪しむるは、一期の浮沈極まりぬ
皆一同に立ち帰る……

台詞の合間々々に、微妙に首を振り、客席にむかって見得を切る。

客席のあちこちから、待ってましたとばかりに声がかかる。

笛や鼓の音。

おくにの胸元の十字架がゆれ、きらりと光を反射する……。

伊年はいつしか、場所を忘れ、時間を忘れ、我を忘れた。

目の前の舞台に立っているのは、たしかにあのおくにである。だが、同時に、それは伊年がかつて知っていたおくにとはまるで別人でもあった。

舞台のおくにが観客の注目を一身に集めるのは、目をひく異装ゆえではない。もし他の者が同じ恰好で舞台に現れたなら、観客はむしろ興醒めするにちがいない。

観客を惹きつけているのは、おくにが放つ輝き《アウラ》だ。

日本でも〝後光が差す〟という言い方をするが、アウラ（オーラ）は古代ギリシアの昔から不思議とされてきた。

神から愛された特別な者が身にまとう説明不能の輝き。

それこそがスターの存在証明だ。

気がつくと、客席が嵐のごとくどよめいていた。

伊年は我に返り、舞台に目をむけた。

ちょうど、挨拶を終えたおくにが引き上げていくところだった。

やんやの歓声と、割れんばかりの拍手。

（これが、天下一のかぶきをどりか……）

しばらく呆然としていた伊年は、ふと、あることに思い当たった。舞台を引き上げていくとき、おくには指先に一本の扇を垂らすようにぶら下げていた。あれは——。

伊年は、はじかれたように席から立ち上がった。

周囲の者たちを押しのけて外に出ていこうとして、たちまち撥《は》ね飛ばされる。罵声《ばせい》を浴び、さんざん小突かれた。頭を下げ、詫びを言い、急ごうとしたものの、通路は帰る客たちで身動きできないほどの混雑ぶりだ。そのまま人の流れに呑み込まれ、伊年が外に出られたのは結局一番後といってよいほどだった。

表に出ると、まだ早い春の陽はすっかり暮れ落ちていた。境内はいまだ興奮冷めやらず、帰りそびれた者たちでいっぱいだ。

伊年は左右を見まわし、見当をつけて、舞台の裏手にまわった。

おくにには会わせてもらえなかった。

当然だろう。

一座の看板女優をいちいち観客に会わせていたのでは興行にならない。

かつて、日本で一時代を築いたスターが、
時代と寝た女
などと評されたことがあるが、蓋《けだ》し言い得て妙である。

スターが関わるのは、時代という人知を超えたなにものかでなければならない。

スターを観ることができるのは舞台の上だけだ。

それ以外の場所では、スターは隠れれば隠れるほど求められる。隠せば隠すほど価値があがる。

おくにのスター性を見抜いた興行主がその程度のことを理解しないはずがない。

だが、その程度のことを理解しない伊年は、己の名前を告げ、

――おくにが舞台で持っていた扇は自分がつくったものだ。おくにがあの扇をどう思っているのか、どうしても聞かせてほしい。

と本気で頼みこんだ。

行く手を阻む男が妙な目配せをしたのにも気づかず、昔の知り合いなのだ、取り次ぐだけでも取り次いでみてくれ、となおもしつこく食い下がっていると、急に両側か

ら体格の良い男たちに腕をつかまれた。慇懃《いんぎん》に、だが有無を言わせぬ調子で「お引き取りを」と耳元で小声で凄まれた。

二人の筋骨たくましい大男に両腕を取られたまま境内の外まで連れ出され、そこで手荒くほうり出された。

立ちふさがる男たちの背後に、伊年は見覚えのある顔を認めた。

顎のしゃくれた、奇岩のごときあばた面——。

五年前、伊年をおくにのもとに送り届けてくれた小柄な影のような男だ。猫背の背中がさらに丸くなった以外は、むしろ若返った感じさえ受ける。

——わたしです。俵屋伊年。五年前……。

と言いかけた伊年の額に、こ、つ、ん、と何かが当たった。

出端《でばな》を挫かれたかたちで、伊年は口を半開きのまま目をしばたたかせた。

——夢やった。そう思て、あきらめなされ。

小男が、低い、ささやくような声で言った。

われに返り、身を乗り出そうとした瞬間、額にこ、つ、ん、とまたひとつ、さっきと正確に同じ場所に当たった。

足下に転がったものを見れば、椎《しい》の実だ。椎の実など境内にいくらでも落ちている。だが。

小男はあごをしゃくるようにニヤリと笑い、小さく首をふってみせた。何かしたようには見えなかったが、椎の実は男が飛ばしたものに違いない。

——これ以上しつこくするようなら、本気で飛礫《つぶて》を放つ。

という無言の警告だろう。

呆然とする伊年をその場に残し、奇岩のような顔をした小柄な男は、二人の大男を左右に引き連れ、そのまま闇のなかに溶けるように見えなくなった。

七　本阿弥光悦

目の前に真っ青な空が広がっている。

——どこや、ここ?

伊年は首をかしげた。

足下に目をやれば、はるか遠くに京の町なみ。芥子粒《けしつぶ》のように小さく人が動いている。

伊年は唐突に己の状況を理解した。

空《そら》だ。

自分はいま空に浮かんでいるのだ。

伊年はごくりと唾をのみこんだ。不思議と恐怖はなかった。思い切って、そろり、と身を前に乗り出してみる。

体が前に進みはじめた。

手足を動かすと勢いがついた。上下左右、思うように方向を変えられる。自由に動くことができる。

――こりゃ、ええ。

伊年はすっかり面白くなり、白い雲の峰の谷間を飛ぶように駆けてゆく。

耳元で風が鳴る。

ごうごうと風が鳴っている。

と、ふいに雲が切れ、青い虚空のただ中にほうり出された。

見まわせば、辺りは見はるかすかぎりの青い空と白い雲だ。人っ子ひとりいない。

いや。

あの雲の背後に何かいる。伊年より、はるかに巨大な何かが凄い勢いで近づいてきている。

雲が白く光った。目も眩むほどの目映《まばゆ》い光。あれは――。

伊年は急に恐ろしくなり、慌てて引き返そうとした。が、どうしたことか、思うように動けなかった。いくら手足をばたつかせても、体が少しも前に進まない。

あかん！　助けて――。

叫ぼうとして、目が覚めた。

むくりと起き上がり、左右に目をむける。

数名の者たちが分業で扇の製作にあたっている。「俵屋」の奥の作業場。

見慣れた景色だ。

どうやらまた作業台につっぷすようにして居眠りしていたらしい。

〝天下一のかぶきをどり〟出雲阿国一座の舞台を観にいって以来、伊年は前にもまして作業場にこもる時間が増えた。

拗《す》ねたわけではない。

おくにには残念ながら会えなかったが、一座の舞台は伊年にとって大いに刺激になった。とくに、舞台でおくにが身につけていた様々な陣羽織《じんばおり》（マント）や衣装が目に焼きついて離れない。牡丹唐草文様《ぼたんからくさもんよう》。花菱《はなびし》。蓮華《れんげ》。水玉。稲妻。鱗紋《うろこもん》。羅紗《ラシャ》や天鵞絨《ビロード》、絹のつづれ織といった珍しい布地を片身替わりに用いるという見事なまでの〝かぶき〟様だ。身につけていた南蛮渡りの品々も、見たこともない珍しいものが多かった。

大胆かつ斬新な〝かぶき〟の意匠《いしょう》と、平家納経修理で見覚えた平安の絵師たちの絵柄を組み合わせたら、いったいどんな扇絵になるのだろうか？

そう考えるとやもたてもたまらなくなり、飛ぶように作業場に戻ってきて——それ以来だ。

まったく、次から次へといくらでも試したいことが出てくる。いくら時間があっても足りない感じだ。

妙な姿勢で居眠りをしていて妙な夢を見たせいだろう、動悸《どうき》がしていた。伊年はふうと一つ大きく息をはいた。顔でも洗ってこようと思い、作業台の前から立ち上がった。髪は風に煽《あお》られたようにぼさぼさだ。頬に一筆掃《は》いたような緑色の絵具がついている。

作業場を出たところで、走ってきた店の丁稚と出合い頭にぶつかりそうになった。

「あっ、若旦那《わかだん》はん。ちょうどよろしおした。若旦那はんにお客さんどす」

丁稚はそう言って、珍しいものでも見るように伊年の顔をじろじろと眺めている。

たしかに客が伊年を訪ねてくるなど、めったにないことだ。

(なんや？　誰やろ？)

訝《いぶか》りながら、座敷をそっと覗き見た。

いやな相手なら居留守を決め込むつもりだった。伊年ももう三十。俵屋のれっきとした若旦那だ。このあたりが、番頭の喜助に「エエかげん、しっかりしてもらわんと」とため息をつかれるゆえんである。

座敷に若い男が一人座っていた。色白の、下ぶくれ気味の丸顔、どことなく雅《みやび》な雰囲気をたたえた相手は――。

「なんや。お客さんいうさかい、誰や思たら」

伊年は拍子抜けした口調で呟き、座敷にあゆみ入った。客の向かいの席に無造作に腰を下ろす。

客人は角倉与一。家が近所だったこともあって、伊年とは子供のころからの付き合いだ。〝幼なじみ〟。いまも気の置けない間柄である。

差し向かいにすわったあとで、伊年はひょいと思いついて首をかしげた。

ふだんは店の者には一言もなく勝手に入り込み、奥の作業場にまで覗きにくる与一が、今日にかぎって「お客」というのも変な話だ。そもそも、こうして座敷で差し向かいにすわること自体、はじめてのことかもしれない。

もっとも、与一は京の都で三本の指に入る豪商・角倉家の長男、跡取り息子だ。伊年より三つ年上。最近は「角倉船」と呼ばれる巨大船の手配に寝る間もないほど忙しくしている――という評判だ。世間的には、いつまでも〝幼なじみ〟として付き合っている伊年の方がどうかしているのだろう。

久しぶりに会った与一は、世間様の評判などまるで知らぬ気に、いつもどおりの飄々とした様子だった。伊年の顔をのぞき込み、

「頰《ほ》っぺたに、何ぞついとるで」

と指摘した。

伊年もぐいと頰を拭い、拭った手を一瞥《いちべつ》して、「ほんまや」と言っただけだ。どうやらさっき丁稚がじろじろ見ていたのは顔の絵具のせいだったらしい。

「で、なんどすの、今日は？」

うん、と与一はめずらしく躊躇する様子だった。

「さては、先に言うてやった天神さんに奉納する絵馬を描いてくれちゅう、あの話やったら……」

「いや、あの話は気にせんでええ。よそに頼んださかい。そやない。今日来たんは別の話や」

与一はそう言ってついと視線を外し、部屋の隅のあたりに目をやった。

「あるお人が、どうしてもお前さんに会いたい、お前さんに引き受けてもらいたい仕事がある、そない云《い》うてはってな」

伊年は眉を寄せた。

あるお人？　どうしてもお前さんに引き受けてもらいたい仕事がある？

いつもの明快な与一の話ぶりとも思えない、曖昧《あいまい》な、もったいぶった物言いだ。

「誰ですの？」

直截《ちょくせつ》たずねると、うん、と与一はもう一度うなずき、それから伊年の目をまっすぐに見た。

「本阿弥光悦《ほんあみこうえつ》。あン人が、お前さんと是非一緒に仕事をしたい、そういうてはるんや」

伊年はポカンと口を開けた。

しばらくは口をきくことができなかった。

頭の中をざっと風が吹き抜けていった気がした。


本阿弥光悦。

当時の京の上層町衆を代表する人物にして、万能の文化人だ。

文化人、ましてや〝万能の文化人〟ともなればなおさら、一抹のうさん臭さが漂う状況は否めない（こんにち世にあふれる〝文化人〟の多くが、いかに〝文化的でない〟かは衆人の認めるところだ）。

だが、それにもかかわらず、本阿弥光悦その人については、やはり〝文化人〟、しかも〝万能の文化人〟としか呼びようがないのである。

本阿弥家はもともと刀剣の技能をもって家業とする一族であった。刀剣の技能といっても、武術指南《しなん》や刀工《とうこう》・刀鍛冶《かじ》の類ではない。

刀剣、それも主に日本刀の
〝とぎ（研磨）〟・〝ぬぐい（浄拭）〟・〝めきき（目利）〟

の三業を得意とし、たとえば光悦の父・本阿弥光二《こうじ》は特に研磨と目利の二分野において名人とうたわれた人物だ。

刀は武士の魂である。

という考えは、この時代にはない。そんなものは、その後徳川の世、二百六十余年のあいだに植えつけられた妄想である。

当時、武士たちにとって刀は第一に商売道具であり、かつ消耗品であった。魚屋における包丁と同じだ。

戦国時代とは〝戦場で多く殺し〟〝長く生き延びた〟者が報酬を総取りする時代のことだ。武士たちが人を殺し、あるいは身を守るための道具が刀だった。

実際に手にしてみればわかるが、刀（日本刀）は驚くほど重い。もっともこれは驚く方がおかしいのであって、刀はみもふたもない言い方をすれば〝刃付きの鉄の棒〟である。鉄の棒が重いのは当たり前だ。実際、戦場で使用されていた日本刀の長さは二尺一、二寸程度（六十五センチ前後）、よほどの大男でも二尺六寸（八十センチ弱）が限度だった。現在のスポーツ剣道が大人三尺九寸、小学生でも三尺六寸もの長さの竹刀をもって技を競うことを考えれば、まったく別の技術体系といえよう。

機動性を要求される戦場で、重い鉄の棒を何本も持ち歩くわけにはいかなかった。一人あたり二本か、せいぜい三本。戦場ではこの二本、もしくは三本の刀が折れ、あるいは曲がった時点で刀の持ち主はたちまち命を失う——敵に斬り殺されることになる。

刀を振り回すさいのバランスも重要だ。バランスの悪い刀を振り回せばすぐに疲れ、これまた死に直結する。

刀の善し悪しは、そのまま持ち手の命を救い、また奪うことを意味していた。

優れた刀剣の技能（とぎ・ぬぐい・めきき）を伝承する本阿弥一族が、全国の武将たちからいかに重用されたかは想像に難くない。

だが、新兵器・鉄砲の出現によって刀の重要性は急速に低下する。

その後、日本刀は武器としての意味を失い、美術・工芸品としての道を歩みはじめた。

折れず、曲がらず、よく切れる――。

武士にとっての商売道具、殺傷を目的として生み出された日本刀は、その結果、皮肉なことに非常な美しさを得た。世界に類を見ない硬軟の鋼《はがね》の組み合わせと刀工の鍛練によって生み出された刀身は、その形状、その鍛え、その匂い、その波紋、その鋭さによって、本来は必要としない美しさと、侵しがたい品位をさえ兼ね備えることになったのだ。

美はただ刀身にのみ宿るわけではない。日本刀には〝拵《こしらえ》〟と呼ばれる刀装工芸が付随する。柄《つか》、鍔、鞘、帯執《おびとり》といったしつらえの品々だ。ここに機能と装飾の結合が極められた。木工、漆工《しっこう》、金工《きんこう》、皮《ひ》革工《かくこう》、染織工《せんしょくこう》などのあらゆる技が集められ、調和されて、はじめてひと振りの日本刀が完成する。

日本刀は、当時の工芸技術の粋を凝らした〝総合芸術〟というべき品であった。

父・本阿弥光二が研磨と目利、二分野の名人であったとすれば、かれの息子・光悦は万能の天才であった。

家業の三専門技術にくわえ、工芸諸分野における広範な知識と優れた意匠感覚によって光悦は比類なき名声を世に築きあげた。家業伝承にこだわり没落していく同業者も多いなかで、本阿弥家は時代の潮流《ちょうりゅう》にのって隆盛《りゅうせい》を極めてゆく。

このとき、本阿弥光悦は四十七歳。

世に云うあぶらが乗った年齢である。

日本刀のみならず、茶道や演能《えんのう》、工芸美術品分野におけるエキスパート。とくに書に優れ、時代を代表する能書家《のうしょか》の一人と目されていた。

その本阿弥光悦が自分から伊年に「会いたい」「是非一緒に仕事をしたい」といっている――。

(なんでや？)

伊年は我に返って首をかしげた。

実をいえば、なんでいまさら、という気も少々しないではない。

上京区小川今出川上《いまでがわあが》ル西側に現在も「本阿弥辻子《ずし》」の呼称が残っている。

この場所に、本阿弥一族の家屋敷があった。

伊年や与一らとは同じ町内、目と鼻の先である。

だが、伊年はこれまでただの一度も本阿弥家の者たちに会ったことがなかった。本阿弥光悦その人とは、西陣の本家から小川「俵屋」に養子にもらわれてきて二十数年、話をしたことがないのはむろん、一度も顔を見たことがない。

たしかに光悦は一世代上。子供のころからの近所の遊び仲間でいえば、年少の宗二とは二十ほどもちがう。

京の町が灰燼《かいじん》に帰すほどの動乱が続いた時代である。世代のちがいは絶対的な意味を持つ。が、それ以上に、本阿弥家の者たちは、光悦にかぎらず、そもそも近隣の者たちと親しく交わろうとしなかった。

――幼少より一腰を十日も二十日も手に持ち、骨髄を見抜くべし。

刀剣を扱い、武家との付き合いが多かった本阿弥家では、近隣の商家の者たちとの付き合いには自然と線引きがあったのだろう。

長じてのちも、扇を扱う「俵屋」と本阿弥家は、近所でありながら不思議なほど付き合いがなかった。

一方で、たとえば与一は以前から本阿弥家に頻繁に出入りしていた。京で三指に入る豪商・角倉家の使者としての立場もさることながら、自身も書を能くする与一は光悦が書く文字に魅せられ、光悦を師匠と仰いでいる。光悦の字を手本として真似て書くのはむろん、可能なかぎり同じ筆や墨まで使おうとする徹底ぶりだ。その入れ込みようは尋常ではなく、賛仰、べた惚れ、あるいは信者といっても過言ではない。

紙屋宗二も、書の料紙を納めに本阿弥家にしばしば出入りしている。

近所で付き合いのないのは扇屋の伊年ばかりということだ。

本阿弥光悦はなぜ今頃になって、わざわざ自分から伊年に「会いたい」などと言ってよこしたのか？

理由がわからなかった。

眉を寄せ、首をひねっていると、与一が急にぷっとふきだした。

「来ていきなり、あの本阿弥光悦と仕事せい言われたら、そら戸惑うて当然やわな。これは俺の言い方が悪かった。すまなんだ。このとおりや」

と素直に頭を下げた与一は、姿勢をただし、あらためて順を追って話しはじめた。

ことの起こりは、与一が嵯峨野に開いた印刷場だという。

数年来、角倉一族は朱印船による南海貿易からあがる利益によって支えられてきた。煩瑣《はんさ》な貿易業務を実質上一人で切り回していたのが与一である。

その与一が、最近新たな事業をはじめた。

印刷・出版事業である。

学者になる途を捨て、商人として立つ決心をした与一は、しかし心中かねてより、

——自分には角倉家代々の二つの家業（学問と商売）を統合する何かができるのではないか？

という思いを抱いてきた。

その思いの行き着いた先が、印刷・出版事業だったというわけだ。

〝文化と商売の融合〟ともいえる印刷・出版事業に与一を導いたのは、皮肉なことに、秀吉晩年の無謀な政策、朝鮮半島への出兵であった。

文禄・慶長の役のさい、朝鮮半島から多くの捕虜が日本に連れてこられた。その数は二万とも三万ともいわれ、女性や学者、僧侶、さらには陶芸や作庭といった半島の進んだ学問や技術をもった者たちが、とくに選んで連れて来られたふしがある。そのなかに印刷技術者たちが含まれていた。

与一はかれらから話を聞き、またかれらが持ち込んだ印刷物を実際に目にして驚愕した。かの地では、日本よりはるかに優れ、洗練された印刷技術がすでに実用化されていたのだ。

与一はすぐに印刷・出版事業の立ち上げを決意する。

これこそが長年自分が夢に見てきたものだと確信し、雀躍《じゃくやく》した。

角倉の別荘地である嵯峨野に印刷場を開いた与一は、捕虜として半島から連れてこられた技術者たちを雇用し（実際には〝買い取る〟形であった）、印刷・出版事業を開始する。

最初に取り組んだのは司馬遷《しばせん》の『史記《しき》』。

中国の歴史を記した、誰もが認める名著だ。公卿・武家・町人をとわず、読者も多い。

刷りあがった印刷物を、与一は早速、師事する光悦のもとに持参し、監修を依頼した。

光悦もまた、本朝にはない進んだ印刷技術に興味をひかれたらしい。

持ち込まれた印刷物に丁寧な監修を施した後、光悦は与一を呼んで、

――日本語で書かれた書物の印刷も可能なのだろうか？

と静かな声でたずねた。

与一は「可能であるし、今後はその方向で試みるつもりだ」と答えた。すると光悦は意外な提案を申し出た。

――自分が文字を書くので版下に使ってもらえないだろうか。

という。

当代きっての書の名人、のちに〝寛永の三筆の一人〟と称えられる本阿弥光悦その人が、である。

啞然とする与一にむかって、光悦はさらに言葉をつづけ、

「その代わり、といってはなんだが、料紙と模様（下絵）と文字の三者の美が渾然一体《こんぜんいったい》となった書物に仕上げてほしい。百年、二百年という歳月を経て、なお輝きを失わない名刀のような書物をつくりたい。その書物をひろく世に伝えたい」

――この印刷技術をもってすれば可能なはずだ。

という言い方を、光悦はしたらしい。

与一にしてみれば、心中ひそかに望んでいたことを光悦の方から言い出してくれたようなものだ。賛仰する光悦に文字を書いてもらえるのであれば願ったりかなったり、これ以上は望むべくもない。

「印刷に使うための料紙は、宗二が引き受けてくれた。死ぬ気でやってくれるそうや」

与一はそう言って目を細めた。

宗二の張り切った様子が目に浮かぶようだ。

「文字は、あの本阿弥光悦が書いてくれる。あとは文字と合わせる下絵や。ためしに誰がええか訊《たん》ねたら、向こうからすぐにお前さんの名前が出てきた。是非一緒に仕事

をしたい。その前にいっぺん会うておきたい、言わはる。そんなこんなで、今日はまあ、こうして正式に頼みにきたちゅうわけや」

伊年は、ふん、と軽く鼻を鳴らし、眉を寄せた。

なるほど、幼なじみの与一が、今日にかぎってわざわざ客人として自らを座敷に案内させた理由は、それでわかった。しかし――。

京の豪商・角倉家が金を出し、あの本阿弥光悦が監修する。

その仕事なら、今を時めく狩野派なり、伝統の土佐派なり、名のある絵師でやりたい者がいくらでもいるはずだ。前《さき》の「平家納経修理」とはちがい、首が飛ぶ心配もない。どう考えても、町の扇屋で絵付けをしている伊年にお鉢がまわってくるのは変だ。

だいたい、なぜ今さらなのか？

不思議に思ってさらにつっこんで訊ねると、与一は意外なことを言い出した。

先年、安芸国で行われた厳島神社「平家納経修理」に、本阿弥光悦も参加していたという。

「いうても、経典そのものの修理に関わっとったんやない。あの人が依頼されてたんは、経箱《きようばこ》の方や」

と与一は至極まじめな顔でいった。

四百余年前、平清盛の手で奉納された経典一式は、金銀の金具をあしらった大きな銅製の箱に納められた。伊年も目にしたが、全面に見事な細工が施された、じつに堂々たる経箱である。

だが、箱を開けると経典の一部に傷みが生じていた。海に浮かぶ厳島神社特有の潮気が入り込んだものらしい。

そこで安芸国の新領主・福島公はこれ以上経典が傷むことがないよう――幸い銅製の経箱内には空間的な余裕があったので――もう一つ密閉度の高い小型の経箱を新たにつくって、元の箱の内側に納めることにした。

その新たな経箱の製作依頼が、京の本阿弥光悦のもとにもちこまれたというわけだ。

蒔絵《まきえ》唐櫃《からびつ》一合。

光悦自身が製作するのではない。光悦は依頼に相応しい技能者を選定し、自らデザインした形、色、風合いに仕上がるよう、素材から工法に至るまで細かく指示・監修する――日本刀の〝拵《こしらえ》〟の場合と同じである。

光悦はできあがった唐櫃を持参し、厳島神社を訪れた。そこで経典を改め、伊年が修理した新しい経典、つまり伊年が描いた絵を見た。

「えろう感心した、そうや」

与一は、呆然としている伊年の顔を軽くのぞき込むようにしていった。

「〝自分も少しは絵を描くが、この絵の妙には至らぬ。是非この絵を描いた絵師と仕事をしてみたい〟、そない云うてはった」

伊年は――。

暫《しば》し言葉にならなかった。

あのときは、平安の絵師が描いた経典絵にすっかり魅せられていた。苦労の末に、なんとか満足のいく絵が描けた。肩の荷が降りた気になり、早々に京に引き上げてきたから、その後のことは知るよしもない。

「ちなみに、光悦はんがつくらはった新しい唐櫃はこんなんやったそうや」

与一は懐から何枚かの畳紙《たとう》を大事そうに取り出し、伊年の前に並べ置いた。

光悦が書いた蒔絵師への指示書、いわば設計図だ。

紙に描かれた図案に目をやった伊年は、思わず「あっ」と声をあげた。

大胆な蔦《つた》の意匠。

伝統的な図柄を用いながら、一度も見たことがない不思議な斬新さをたたえている。

腕に粟が立つのがわかった。

たしかに、この図案をあしらった蒔絵唐櫃なら、あの見事な平安の銅製経箱に納めて一歩も引けをとるまい。

(実物を、この目で見ておきたかった)

伊年は目の前の図案画を食い入るように眺め、唇をかんだ。

「そうそう。光悦はんが、なんや妙なことを言うてはったわ」

首をかしげた与一は、すぐにはたと手を打ち、

――平家納経を見た瞬間、音が聞こえた。

伊年ははっとして顔をあげた。

「〝あの絵を描いた者には、そう言えばきっとわかるはず〟、そない言うてはったけど……。何のことか、わかるか？」

伊年はゆっくりとうなずいた。頭のなかをさまざまな絵や色や音が飛び交っている。が、言葉にはならない。

「ま、せっかくや。明日にでもいっぺん、話を聞くだけでも聞きに行ってみたらええ」

与一ののんびりとした声が、ひどく遠くに聞こえる。

「なんせ、あの本阿弥光悦の方から是非一緒に仕事をしたい言うてくれてはるんや。めったにない機会やと思うで」

翌日。

結局、伊年は一人で本阿弥家を訪れることになった。

話をもってきた与一はちょうど次の朱印船の準備で忙しく飛びまわっているところで、このあとすぐ堺港に行かなければならない、しばらくは京を留守にするという。

「光悦はんによろしゅう」

与一は福々しい下ぶくれの顔でにこりと笑って帰っていった。

ならば、と伊年は紙屋をたずねた。顔を出した宗二に、

「本阿弥光悦に会いに行くんで、一緒に行ってもらえんか」

と声をかけたところ、宗二は初手からひどく及び腰であった。

聞けば、光悦から最初に声をかけられたさい、調子に乗って「死ぬ気でやらせてもらいます」といったものの、その後勇んで持っていった見本紙を光悦ににべもなく突き返されたのだという。

——死ぬ気でやる。たしか、そう言ったはずだが？

じろりと睨まれ、震えあがって帰ってきたらしい。

「本気にされても、なあ」

宗二は深々とため息をつき、

「これやちゅう料紙ができたら、またあらためて一緒させてもらいますよって」

と、黒犬が両足の間にしっぽを巻くようにして、こそこそと店の奥にひっこんでしまった。

本阿弥家を訪れ、名前と用件を告げると、すぐに奥に通された。

本阿弥一族が住む家屋敷は本阿弥辻子《ずし》とよばれる上京の広大な一区画だ。「俵屋」の近所なので外からは何度も見ているが、中に入るのははじめてだった。

入り組んだ長い廊下をわたり、案内されたのは書院づくりふうの奥の一室であった。

「こちらで少しお待ちを」

使用人がそういって姿を消し、一人取り残された伊年は落ち着かない思いできょろきょろと周囲に目をむけた。

床の間には中国高僧の筆とおぼしき唐渡りの水墨画の掛物が一幅。利休好みの一輪挿しが添えられている。

部屋の細部は数寄《すき》を凝らしたつくりなのに、いやみな感じが少しもしない。南蛮渡りの品をところ狭しと並べた角倉の嵯峨野の別邸とは大違いだ。

開け放たれた障子の外に、手入れの行き届いた築山《つきやま》が見える。前栽《せんざい》の緑が美しい――。

見とれていると、視界の端に人影が風のように入ってきて、すらりと着席した。

伊年はあわてて正面に向き直った。

——お待たせして申し訳ない。

軽く頭をさげた人物が、すっと顔をあげた。

——本阿弥光悦にござります。

涼しげな切れ長の目に見据えられて、伊年は思わずたじろいだ。

以前に見かけたことがある与一の父、角倉了以の姿がなぜか一瞬頭に浮かんだ。筋骨たくましい、見るからに頑強《がんきょう》そうな体軀《たいく》。ぎょろりとした目。槌でたたき上げたような鼻、口、耳。与一の父・了以は燃え盛る真っ赤な炎、エネルギーの塊だ。

目の前の本阿弥光悦はそれとは違う。周囲を圧する見た目の了以とは、外見はむしろ対照的といっていいくらいだ。光悦にはこれといった特徴がなかった。体つきも、目鼻だちも、身に纏う着物の柄さえもが、すべて目立たない中庸さをたたえている。

だが伊年には、光悦の内側に燃える青白い炎がはっきりと見てとれた。ゆらぐことなく整った形で燃えつづける青白い炎は、一見穏やかに見えるが、派手に燃える赤い炎より温度が高い。うかつに近づけば火傷《やけど》だけではすまない。命を落とすことにもなりかねない——。

廊下を歩く足音がしなかったのは、演能の達人といわれる体捌《たいさば》きが自然と身についいているせいだろう。

障子が、ふたたび音もなく開いた。

振り返った伊年の目は、茶菓を運んできた若い女の横顔に釘付けになった。

面長のうりざね顔に、涼しげな切れ長の目。年のころは十四、五か。きびきびとした所作が息を呑むほどに美しい。

若い女が顔をあげ、伊年に目をむけた途端、凍りついたような表情を浮かべた。はっと身をすくませる。

盆の上で茶碗がゆらりと揺れた。

——冴《さえ》、何をしている。

光悦の低いひと声で、女はたちまち平静を取り戻した。なにごともなかったかのように茶菓を伊年の前に並べ置き、来たときと同様、音もなく障子を閉めて立ち去った。

「娘が、失礼しました」

光悦が訝しむように、軽く眉をよせて詫びた。

女は光悦の娘、名前はさえ。それにしても——。

伊年は目をしばたたいた。

冴の顔に浮かんだのは明らかな嫌悪、さもなければ恐怖の表情だった。

(きらわれた？　なんでや)

たしかに伊年は一見茫洋とした顔に、意味もなくへらへらした笑みを浮かべている。俵屋の番頭の喜助にはいつもそれで叱られているが、初対面の相手にあそこまではっきりと嫌われたことはなかった。

「用向きは、すでに与一どのからお聞きになられたと思うが」

鋼のような光悦の声に、伊年は現実にひきもどされた。

「料紙と下絵と文字の三者の美が渾然一体となった書物をつくりたい。そのために、どうかお力をお貸しいただきたい」

と直截に用件を切り出した光悦は、何枚かの色紙を取り出して伊年に差し出した。

「まずは私がどんな文字を書くのか、確認していただきたい」

目の前に置かれた色紙を一瞥して、伊年は己のうなじの毛がそそけ立つのを感じた。初対面の若い女に嫌われたことなど一瞬で頭から吹き飛んだ。

噂には聞いていたが、光悦の書を実際にまぢかに見るのははじめてだった。

白地におどる墨跡はあくまでも端正、それでいてまるで生きたもののように料紙を飛び出して伊年に挑みかかってくるようだ。

角倉与一もたしかに舌を巻くほどうまい字を書く。だが、そんなものではなかった。レベルが違う。

「文字は人なり」

ということばがある。

だとすれば、こんな文字を書く奴はもはや人ではない、化け物だ。

本気でそう思えるほどに、他の者が書く文字とはスケールが違っていた。

伊年は畳の上に両手をつき、数枚の色紙に顔を寄せ、食い入るように眺めた。すぐ目の前に光悦本人が座っていることなどすっかり忘れはて、目を細め、うんと唸った。

――この文字と一緒に仕事をするには、今のままではだめだ。

伊年は腹をくくった。

工夫が必要だ。

これまでとは違う、何かとてつもない工夫が必要だった。

八　紙師宗二

何か、とてつもない工夫――。

同じころ。

「紙屋」宗二もまた、本阿弥光悦から預かった色紙を前に腕をくみ、むずかしい顔でうんうんと唸っていた。

なんでこんなことになったのか？

宗二にしてみれば「巻き込まれた」としかいいようがない。

もとはといえば、角倉与一が嵯峨野で新しく印刷事業をはじめたさい、

――活字印刷にはどんな紙が適《お》うとるのか、いっぺん見に来て相談にのってほしい。

と頼まれたことがきっかけだ。

幼なじみ。しかも、京で三本の指に入る豪商の跡取り息子の頼みだ。請《う》けて損になる話ではない。

ふたつ返事で出かけていった宗二は、与一とともに、ああでもない、こうでもない、と現場で試行錯誤を重ね、何とか満足のできる印刷物を刷り上げることができた。

最初に仕上げたのは『史記』。中国古代の黄帝《こうてい》から前漢《ぜんかん》・武帝《ぶてい》に至るまでの紀伝体の史書だ。著者は司馬遷。

われながら悪くない出来ばえだったと思う。

刷り上げた見本を京の町衆に配ったところ、評判は上々で、気の早い客たちからはまとまった数の注文が入りはじめた。「五山版《ござんばん》（かつて京に出回った印刷本）を上回る」そんな声さえ聞こえてきた。

ええ感じどすな。ほな、この調子でほかの本も刷っていきまひょか。

と、与一と二人、よい気分で盛りあがっていた矢先のことだ。

妙なところから、妙な話が舞い込んできた。

当代きっての書の名人、本阿弥光悦が「自分が文字を書くので版下に使ってもらえないだろうか」と申し入れてきたのだ。

角倉与一は自らも書を嗜《たしな》む文化人《インテリ》だ。その与一が最も尊敬し、また師と仰ぎ見る存在が、本阿弥光悦であった。

願ってもない話だが、それには条件があった。

──その代わり、料紙と下絵と文字の三者の美が渾然一体となった書物に仕上げてほしい。

という。

本阿弥光悦のこのひとことで与一の眼の色が変わった。事業目的が一変した、といってもいい。与一は眼を輝かせて、

──さすがは光悦どのだ。己が何をなすべきなのか、私にもようやくわかった。

と何度も頷いていたが、それからは人がちがったように張り切り出した。その与一にしっかりと手を握られ、「どうか私に力を貸してほしい。これこそが、私が生涯をかけてなすべき仕事なのだ」とまで言われては、宗二としては「命懸けでやらしてもらいまひょ」と答えるしかないではないか。

今となっては、
うっかり
としか言いようがない。

宗二は預かった色紙を前にして、もう一度、ふかぶかとため息をついた。

料紙と下絵と文字の三者の美が渾然一体となった書物──。

言うは易《やさ》しい。だが、この文字ははっきりいって異常だった。

数日前、見本の料紙を恐る恐る光悦に見せにいったところ、案の定というか、予想

どおりというべきか、にべもなくつきかえされた。

光悦が書く文字に位負《くらいま》けしない活字印刷用の料紙。

それがいったいどんなものになるのか、宗二にはいまもってさっぱり見当がつかないのだった。

脳裏に、もう一人の幼なじみの芒洋とした顔が浮かんだ。

(伊年はんは、いったいどないするつもりやろ?)

宗二は首をひねった。

与一は「下絵は伊年に頼むつもりだ」と言っていた。なんでも本阿弥光悦じきじきのご指名らしい。

たしかに、伊年が描く扇絵は見事だ。

最近またとみに腕を上げているのも間違いない。しかし、それでもなお、正直言って、いまのままでは格がちがう。伊年が見世の扇に描いているような下絵では、本阿弥光悦の文字の前では邪魔になるだけで、引き立て役にさえ遠くおよばない。ましてや〝渾然一体の美の実現〟ともなると――。

(いまごろ、えろう難儀《なんぎ》しとるんやろな)

宗二は一瞬自分の窮地を忘れて、くすりと笑った。

光悦の書を前に頭を抱えている伊年の様子が見えるようだ。

宗二は一方で、伊年にはどこかとらえどころのない〝底深さ〟があることに気づいていた。厳島神社の「平家納経修理」のときがそうだ。実をいえば、ほんまにできるんやろか、と内心はらはらしていたのだが、伊年は宗二の心配など知らぬ気に飄々《ひょうひょう》と仕事をこなしてしまった。あの調子で今回もなんとかしてしまう——ような気がしないでもない。だから、

(他人《ひと》のことはエエ。まずは自分の仕事や)

宗二は、光悦が色紙に書いた文字にあらためて目を落とした。

見れば見るほど見事な墨跡である。まったく、呆れるばかりだ。

どんな料紙なら、この文字に位負けしないのか？

〝命懸け〟かどうかはともかく、楽な仕事でないことだけはたしかだ。

負けるもんか。

唇をかんだ宗二はふと、子供のころ、年長の者たちに交じって河原に喧嘩をしに行ったときの、ひどく高揚した気分を思い出した。興奮が体の奥底によみがえってくる。

——いっちょやったろか。

立ち上がり、腕をぐるぐると回しながら、紙屋の倉に向かう。

まずは料紙の基本となる原紙をえらぶことからだ。

料紙。

本来は文書を書写したり、絵を描くための用紙全般を指す言葉だが、書においては特に、原紙にさまざまな方法で加工をほどこした美しい装飾紙のことをいう。

普通の「紙（原紙）」と「料紙」とでは、いったい何がどうちがうのか？

後漢の時代、中国で生まれた紙の製法は、飛鳥時代に朝鮮半島（高句麗《こうくり》）経由で日本に伝えられ、各地に広まった。

日本では原料に、麻のほか、雁皮、楮《こうぞ》、後には三椏《みつまた》といった樹木の樹皮が用いられ、地方によってはこれに独自の混ぜ物をすることもある。

どろどろになるまで砕き溶かした木の繊維を、細かな目の網で漉いて紙にする。

紙づくりには、冷たく、澄んだ水が欠かせない。紙漉きが主に晩秋から初春に行われるのはこのためだ（気温の高い時期に漉かれた紙は〝夏紙〟といってきらわれる）。シンプルな原料と水の重要性から、紙漉きは昔からしばしば酒造りにたとえられてきた。紙には、産地と作り手の個性がはっきりと刻印されている。

宗二は、紙の裏表に指を走らせただけで、漉きむらや損傷の有無、ごみが紛れ込んでいないかは無論、どの里の紙なのか、また誰が漉いた紙なのかまで、ほとんど己の掌《たなごころ》をさすように言い当てることができた。たまに初めて店に持ち込まれる紙があって、素性がよくわからないときは紙の端を少しかじってみる。それでたいてい、どの地方でつくられた紙なのか、何を原料としているのか、混ぜ物の有無、紙の漉き手がどの程度の腕の持ち主なのかといったことまで、はっきりと頭に浮かんで、まずまちがえたことがない。

京のまちで店を張る以上、紙屋の商売はたんに紙漉きの里をまわる仲買人から紙を仕入れ、客に売り捌くだけの商売ではありえない。

仲買人から仕入れる紙は「生紙」、もしくは「素紙《そし》」と呼ばれるもので、このままでは表面がけばだち、にじみが強く、運筆に適さない。

そこで「打ち紙」と呼ばれる処理を行う。文字どおり紙を打つ（叩く）のだ。もとの厚さの半分から三分の一にまで「打った」ものを「熟紙《じゅくし》」という。紙の表面が滑らかになることで、なだらかな運筆が可能になり、墨色は鮮やか、滲みも少ない。

京のまちでは熟紙からが商品となる。これが「原紙」だ。

熟紙にさらにさまざまな手を加え、見栄えのよい料紙（装飾紙）に仕上げるのが「紙師」と呼ばれる者たちの仕事だ。

料紙の加工にはさまざまな技法がある。

たとえば、紙に色を入れる「染め紙」。染料液に浸して染色する「浸《つ》け染め」、染料液を刷毛《はけ》に含ませて紙に塗り付ける「引き染め」、一度浸け染めした紙をほぐしてもとの紙料にもどして別の白紙の全面に流しかける「漉《す》き染《ぞ》め」など。さまざまな手法によって、そっけない白紙は紫や藍《あい》、紅《べに》、茶系などの美しい色に染め上げられる。また、漉き染めの応用による「うちくもり」「飛雲」「羅紋《らもん》」などの変化にとんだ料紙がつくられ、書き手や鑑賞者の目を楽しませてきた。

「から紙」は、胡粉《ごふん》をにかわ液で溶き、刷毛で塗布した具引き紙に、雲母《うんも》の粉末をのせた版木を使って文様や下絵を美しく摺《す》り出したもの。

「継《つ》ぎ紙」は、異なる種類の色彩・装飾が施された料紙を大小さまざまな大きさに刃物で切り、あるいはちぎり破いたものを、もう一度糊《のり》で継ぎ合わせて一枚の料紙に仕立てる技法だ。継ぎ合わせののりしろは通常一ミリ程度。「破り継ぎ」では継ぎ目は不規則なちぎり線になる。「重ね継ぎ」は数枚の「破り継ぎ」を重ね、ミリ単位でずらして継いでいく、まさに超絶技巧である。

その他にも「墨流し」や「箔《はく》加工」「布目うち」「蠟箋《ろうせん》」など、料紙を美しく仕上げる技法は多岐にわたり、しばしば複数の技法が一枚の料紙に同時に用いられた。こんにち残された古い料紙のなかには、いったいどうやってつくられたのか、製作技法がいまだ不明なものも少なくない。

どこの生紙を使い、どんな加工を施すか。それだけでも大問題だが、さらに面倒な問題がいくつかあった。

本阿弥光悦が申し出たのは「日本語で書かれた書物の印刷」。意味するところは、かな文字にふさわしい料紙を用意しなければならないということだ。

（さて、どないしたもんか……）

宗二は眉を寄せて、ぼりぼりと首筋をかいた。伊年がもしこの場にいれば、「黒犬が後ろ足で頸《くび》をかいとる」と言ってからかったに違いない。

「唐紙《からかみ》」の名称が示すとおり、装飾紙の文化は、他の多くの技術同様、もともとは中国（唐）から伝わったものだ。ところが平安後期になると、国内で和製料紙が盛んに製作されるようになった。

理由のひとつは、大陸の政情が不安定となったのを受けて遣唐使が廃止され、品物が入ってこなくなったからだ。が、それとは別に、使用者の要求《ニーズ》によるところも少なくない。

中国から伝来した漢字は「本字《ほんじ》」もしくは「真名《まな》」と呼ばれ、日本でつくられた表音文字「仮名《かな》」と区別された。かなは、おもに女性が用いる女手《おんなで》であり、長く日陰の存在であったが、平安時代に男性貴族たちがかな文字を広く用いるようになったことで、専用の料紙が求められた。

漢字とかなでは運筆法が異なる。

そもそも用いるべき筆の太さがちがっている。一般に、太筆で「とめ、はね」の表現をはっきりとうち出す漢字に対して、かな文字書きの場合は細筆を用いて、なめらかな線の動きを重視する。

平安後期には、かな文字の細筆に対応する、繊細できらびやかな和製料紙が盛んにつくられていた。

華麗を極めたかな文字用の料紙は、しかし、鎌倉時代に入るとにわかに衰退する。新興の武士たちが、かな文字より漢字を重んじたからだ。かれらは生紙（素紙）にそのまま文字を書いていっこう意に介さなかった。

時代は巡り、戦国の世が去った昨今、平安王朝風の雅《みや》びた文化がふたたびもてはやされるようになった。

聞くところによれば本阿弥光悦ははやくから王朝風の文字に関心を抱き、小野道風《おののみちかぜ》書写『古今和歌集《こきんわかしゅう》』断簡《だんかん》はじめ、優れた平安古筆の名品をいくつも収蔵しているらしい。ということは、

（王朝時代から伝わる典雅な平安料紙と比較されるちゅうこっちゃ）

宗二は小さくため息をついた。

失われた「平安王朝風のかな文字用料紙」を復活させる。

なんだか気が遠くなりそうな話だ。

その上、今回は活字印刷という未知の要素がくわわっている――。

印刷用の料紙には、手書き用の料紙とは異なる特性が求められる。

たとえば、箔加工。砂子《すなご》・切箔《きりはく》・野毛《のげ》といった金銀箔を料紙表面に散らし、金で陽光、銀で夜の風景を表す装飾技法で、見る者に容易に豪華な感じを与えられる。厳島神社の平家納経でも多用されていた重宝な加工技術だが、今回は箔散らし料紙は使えない。

理由は二つ。

ひとつは、活字印刷に向いていないこと。一応試してみたが、案の定、印刷過程で剥離が多くて使えなかった。

もう一つの理由は、本阿弥光悦が書くかな文字が箔散らし料紙に合わないからだ。強弱のはっきりしたのびやかな光悦の文字を箔散らし料紙に合わせると、妙にうるさい感じがする。料紙が文字の足を引っ張っている感じだ。これならいっそ、ベタ金地の方が、すっきりと勢いが出るくらいだろう。

――どの生紙をつこうて、どんな加工で料紙に仕上げるのがええもんか？

腕を組み、頭の中であれこれ組み合わせを考える。

光悦の文字。伊年の下絵。それぞれの特徴を最大限生かすためには——。

半月ほど頭を悩ませつづけた挙げ句、ようやく一つの結論を得た。

(やっぱり「から紙」がいちばん合《お》うとる……鳥の子に胡粉《ごふん》で具引《ぐび》き……下絵を雲母《きら》で版木摺りにして……そこに文字をのせるこっちゃ)

宗二は頭のなかに白く具引きした鳥の子紙を広げ、そこに光悦の特徴のある文字を印刷した様を思い浮かべた。

思ったとおり、これなら文字が映《は》える。

あとは、もう少し華やかさが欲しい。

雲母の版木摺りで伊年の下絵を出してみる。

糸のように目を細め、虚空に視線を据えて、できあがりを想像する。

具引きした鳥の子紙……雲母摺りで伊年の下絵を浮かび上がらせ……光悦の文字を置く。

宗二はにいっと笑った。

悪くない。

これなら料紙も下絵も、光悦が書く文字に位負けしないはずだ。

伊年が描く下絵がどんなものになるのかまだわからないが、なんとなくいけそうな気がしてきた。

もっとも、まだ頭の中に思い浮かべただけだ。イメージどおりの料紙に仕上げるためには、実際に何をしなければならないか考えてみる。

まずは土台となる最適の生紙を見つけること。これには仲買人をあたるよりも、自分で紙漉きの里をまわった方がはやい。

優秀な漉き手の存在も重要だ。優れた漉き手を捜し出し、その者たちと相談して、原料や漉き方について細かい指示をあたえる。もちろん、今すぐというわけにはいかない。紙漉きには最も適した季節がある。季節を待って、まとまった量の生紙を生産してもらう。そこから不良品をはじき出し、適切な大きさに切った生紙を加工して、料紙に仕上げる。

同時に、料紙加工のために平安王朝時代の「から紙」の技法を研究する。たぶん、失われた技術をいくつか手探りで再興する必要があるはずだ。それから……。

考えただけで、目まいがするほど手間もひまもかかる仕事だ。だが。

いいいいいいいいいいいい、紙が決まらなければ何もはじまらない。

そう考えれば、これほどやり甲斐のある仕事はほかにちょっと思いつかない。

宗二は俄然《がぜん》、やる気になった。

（よっしゃ）

小さく呟くと、ぱんっとひとつ己の頬を両手で叩いた。

まずは、どの紙漉きの里が自分のイメージに一番近いか確認することからだ。一つずつ、順番にやっていくしかない。

そうと決まれば、宗二は仕事が早い。早速旅に出る準備をてきぱきとはじめた。ふと仕度の手をとめ、伊年の芒洋とした顔を思い浮かべる。

(伊年はんは、いったいどないな工夫をするつもりやろ?)

宗二は首をかしげ、すぐにくすりと笑った。

伊年はきっとなんとかするだろう。

そんな気がする。他人《ひと》のことより――。

やるべきことはいくらでもあった。ぼやぼやしている間に、子供の頃のように、また自分だけ置き去りにされてはたまらない。

宗二はぶるり、と一つ首を振り、肩をそびやかすようにして自分のなすべき仕事にむかった。

九　豊国大明神臨時大祭

伊年は、本阿弥光悦から預かった何枚かの和歌色紙を前に、腕を組み、食い入るように見つめていた。

いったいどのくらいこうしているのか、自分でも覚えていなかった。連子《れんじ》窓から差し込む陽光が右から左へと次第に移りゆき、やがて暗くなると誰かが明かりを灯してくれた……ような気がする。

伊年は身動きひとつしない。尤も、近くで観察する者があれば、伊年の眼玉だけが上下左右に忙《せわ》しなくうごいているのに気づいたはずだ。

文字ひとつひとつが色紙のなかで息づき、跳びはね、駆けだし、足をとめ、羽根をのばし、また跳びあがる。あるいは文字同士が互いに声をかわしている。

本阿弥光悦が書いた文字は、まるで生きているかのようだ。

それにしても、この墨継《すみつ》ぎの変化の激しさはどうだろう。

一首の歌のなかに大小の文字が混在していた。四倍、いや、八倍ほども大きさのちがう文字が、となりあわせに平気でならんでいる。

また、線の肥瘦《ひそう》の自在さ。

縦にすっと走る「し」の一文字は、あたかも切れ味するどい名刀を見るようだ。

色紙に書かれた文字の曲線的な動きは、鳥や蜻蛉《とんぼ》、その他の空を飛ぶ生き物たちの空中での動きを目で追うときのような快《こころよ》さが感じられる。

天然自在でありながら、そのくせ全体としての統一感をけっして失わない。

なぜこんなことが可能なのか？

見れば見るほど、わからなくなってくる。——

伊年が困惑するのも、無理はなかった。

光悦様《こうえつよう》と後の世に呼ばれる光悦の書風様式は、本朝書道史における一種の特異点、いわば書の革命だ。それはかつて存在しなかった書風であり、かつまた同時代においても光悦以外には誰もなしえない様式だった。

中国唐宋や我が国の室町以前の書において重要視されてきたのは、何よりもまず古典主義的《クラシック》ということだ。特徴は、秩序、調和、安定、静謐さを重んじる点にある。

光悦はこの原理をあえて踏み越えていく。一行に書かれる文字数はことごとく不揃いであり、行頭（書き出し）は不規則。たっぷりとした墨で、大きく、太い線で書かれた文字と、ごく細く、小さな、かすれを用いた文字(よく注意しないと読めないところさえある)の差は極端なほどだ。本来ひとまとまりの一単語を途中で切ったり、その一方で格助詞の「の」を、まるで名詞のように一文字だけ切り離して強調する。

いずれも当時の書道の概念をくつがえす〝革命的〟な技法であった。

むろん単なる破壊なら容易だ。

規則を無視して書く。

世の流行の、あるいは他の者たちの逆に出る。

しかし、それだけならば所詮は無秩序、外道《げどう》にしかなりえない。

光悦の凄みは、古典主義的な秩序、調和、安定、静謐さを踏まえた上で、その則《のり》をこえ、新たな境地に躍り出たことだ。

本阿弥家にはいまも「本阿弥切《ぎれ》」と呼ばれる古筆のコレクションが残されている。光悦が、平安時代の名筆を選び、集めたものだ。「当代一の(芸術品の)目利き」と呼ばれた光悦が収集した古筆コレクションは、いま見ても舌をまくほどの趣味の良さである。

光悦は古典(古筆)を徹底的に学んだ。その上で、古典主義的な規範にとらわれることなく、そこからさらに一歩踏み出し、己が美とする様式を生み出した。

その結果、光悦が書く文字は、古典主義的な書には見られない豊かな装飾性、躍動感、韻律、ある種の叙情性といったものを獲得した。

本阿弥光悦の書が時代の特異点、あるいは革命と呼ばれる所以《ゆえん》である。

——文字と下絵と料紙の三者の美が渾然一体となった書物をつくる。

これまで誰も見たことがない文字にあわせた下絵を描くということだ。

そのために何をすればよいのか？

伊年は徹底的に〝見る〟ことで、光悦の文字の秘密を解き明かそうとしている。

光悦の文字を飽かず眺める伊年のかたわらに、胡粉で白く具引きしたまっさらな鳥の子紙が置かれている。

今回の仕事で使う料紙だ。

昨日、宗二が伊年を訪ねてきて、「見本用に」と一束置いていった。

宗二はいくぶんやつれた顔であったが、

——ひとまず、この紙に雲母《きら》摺りの前提で下絵をおたのみします。

そう言うと、色黒の顔にくっきりとした太い眉をひき上げ、

——光悦はんには了解をもらいましたよって。

自慢げににっと笑い、あとは無言のまま妙にふらふらした足取りで帰っていった。

なるほどこの料紙なら、本阿弥光悦の躍動感のある生きのいい文字がよく映《は》える。

また雲母摺り下絵にすれば、光の加減で、下絵はときに文字の背景に沈み、ときに浮き出す妙趣《みょうしゅ》を出せるはずだ。

宗二は紙師としての役割を見事にはたした。

あとは、伊年が描く下絵如何《いかん》――。

(責任重大、や)

伊年は組んでいた腕をいったんひきほどき、ひとつ大きく息を吐いた。あらためて光悦の書に身を乗り出しかけて、ふと、帰りしなの宗二の後ろ姿が脳裏に浮かんだ。

(なんや、久しぶりに餌もろた黒犬が満足して帰っていくみたいやったな)

そう思った途端、表情がゆるんだ。

〝幼なじみ〟、しかも年下の宗二に負けてはいられない。

伊年は両手で自分の頬を挟むように強くたたいた。

よっしゃ、と口のなかで小さく呟き、気合を入れ直して、光悦の書に対峙した。

そっくりそのまま同じやり方で気合を入れているのを、伊年も宗二も、お互い気づいていない。

＊

その夏。

京のまちは異様な熱気と興奮につつまれていた。

ひとびとは顔を合わせると、誰もかれもが上気した面もちで語り合う。声高《こわだか》に、あるいは頭を寄せ、声をひそめてひそひそと。――

かれらが語りあっているのは商売の状況でもなく、夏の暑さでも、嫁姑《よめしゅうとめ》の仲が悪いことでも、腰が痛いことでもなかった。ときには背中で泣いている赤ん坊さえそっちのけで京のひとびとが語り合っているのは、間近に控えるあるひとつのことについてだ。

いつ、どこに、どんな装《よそお》いで出かけるのか?

気にかけるべきことなど、ほかには何一つないような雰囲気だ。

京のひとびとをかくも熱中させ、興奮させていたあるひとつのこと。

「豊国大明神臨時大祭《ほうこくだいみょうじんりんじたいさい》」であった。

先の天下人・太閤秀吉が波乱に満ちた生涯を伏見城の一室で終えた慶長三年八月十八日。

時、折しも朝鮮出兵の最中であり、その死は翌年まで公にされなかった。

朝鮮半島から兵の引き上げが完了した後、翌年の卯月《うづき》になってようやく、東山連峰のひとつ、阿弥陀ヶ峰《あみだみね》の中腹に秀吉の墓（廟所《びょうしょ》）が造営された。眼下に方広寺大仏殿の甍《いらか》を見下ろす景勝の地である。

同時に、山麓に広大な敷地の神社がつくられた。

八棟《やつむね》造りの巨大な社《やしろ》は造営中から洛中《らくちゅう》のひとびとの間で評判となっていた。ここに秀吉が神として祀《まつ》られることになったのだ。

もう一度書く。

秀吉は神として祀られることになった。

冗談でも、また書き間違いでもない。

秀吉は、死後、朝廷から豊国大明神の神号《しんごう》と正一位《しょういちい》の神位《しんい》を与えられ、正式に神となった。稲荷神社と同格である。〝草履取り〟秀吉は〝天下人〟からついに〝神〟にまでのぼりつめた。立身出世もここまでくればいっそ清々《すがすが》しいくらいだ。その代わりに朝廷にどれほどの金品が贈られたのか――秀吉はいくらで神の座を買ったのか――その金がどこから出たものなのか――といったことは、ひとまずおくとしよう（ちなみに「死後、神となる」のは、もともとは信長が目論《もくろ》んでいたことであり、秀吉は猿まねをしたらしい。このやり方は徳川幕府にも踏襲《とうしゅう》され、家康は、やはり死後、神となって東照宮《とうしょうぐう》に祀られる。二度目は喜劇。三度目以降は陳腐《ちんぷ》滑稽《こっけい》。その馬鹿々々しさを気にするようでは天下人にはなれない）。

神社は豊国社《とよくにしゃ》と呼ばれ、全国各地に末社がつくられる。

洛中のひとびとには「ほうこくさん」の呼び名の方がなじみ深いかもしれない。

秀吉の忌日《きにち》にあたる八月十八日と、正遷宮《しょうせんぐう》のあった四月十八日が例祭日と定まり、毎年、祭礼が賑わしく執り行われてきた。

秀吉の七回忌にあたるこの年。——

豊国社臨時大祭は、尋常ならざる騒ぎと熱狂を京のまちにひきおこした。

当時の僧侶・公卿ら教養人《インテリ》たちが、

〝洛中鴨東《おうとう》は興奮の坩堝《るつぼ》と化し〟

〝京のまちは天地がひっくりかえったような騒ぎ〟

〝貴賤群衆《きせんぐんしゅう》（身分の上下なく）、あたかも狂いしごとし〟

と、驚きもあらわに記録した京のひとびとの熱狂とはいったい如何《いか》なるものであったのか？

それを知る手がかりとして、当日の模様を描いた何双かの屛風絵がいまに残っている。

たとえば、ある屛風絵は、片隻《へんせき》に着飾った神官たちによる「馬揃《うまぞろえ》」（十四日）の模様を、他隻《たせき》に京の町衆による「風流踊り《ふりゅうをどり》」（十五日）のようすを描く。

当日の馬揃では、建仁寺《けんねんじ》門前より大仏までの道筋に都合二百頭の騎馬が立ち揃い、先頭左に御幣《ごへい》、右に御榊《みさかき》が掲げられた。長さ七尺五寸。金泥で豪華にメッキされた巨大な「作り物」だ。榊は六百枚の葉を細工した、手のこんだ代物《しろもの》である。

御幣・御榊に供奉する者は百名。かれらについては、「風折《かざおり》、浄衣《じょうえ》、羅綾《らりょう》の袂《たもと》は陣頭に翻り、綺羅は天に耀く」と『豊国大明神臨時祭日記』に描写されている。

ずらりと並んだ馬は二百頭。金覆輪《きんぷくりん》の鞍に猩々緋《しょうじょうひ》の泥障《あおり》、紅《くれない》の総房《そうふさ》、はたまた押懸《おしかけ》、轡《くつわ》、三尺縄《さんじゃくなわ》、鐙《あぶみ》にいたるまで豪華絢爛、さまざまな工夫をこらした金銀の豪華な装飾がほどこされて、まこと筆舌に尽くしがたい。

馬上のひとびとの出立ちは、烏帽子《えぼし》に金襴の狩衣《かりぎぬ》、指貫《さしぬき》。いずれもこの日のための新調されたものだ。

屏風絵にはさらに、田楽衆や猿楽衆による奉納能芸《ほうのうのうげい》の模様も描き込まれて、はなばなしい祭当日のようすを伝えている。

だが、京のまちが真の意味で「興奮の坩堝と化し」たのはこの日（十四日）ではなく、町衆による風流踊りが行われた、翌八月十五日のことであった。

屏風絵では、町衆による「風流踊り」は次のように描かれている。

まず、京の町衆は、それぞれが所属する町組ごとにわかれて集団となり、先頭に町組の名を記した長大な団扇をおしたて、中央に「風流傘《ふりゅうがさ》」と呼ばれる巨大な飾り傘をかついでいる。

風流傘

とは、かれらにとっての神輿《みこし》・山車《だし》にあたるものであり、おのおの町組ごとに趣向のかぎりを尽くした飾り物が施されていた。桜、松、竹などの大木を飾ったものもあれば、孔雀《くじやく》や虎、牡丹《ぼたん》に蝶、龍を飾った傘、珍しいところでは南蛮船をかたどった巨大模型を傘に載せた組もある。

風流傘をとりまくのが「ひとつもの」、すなわち仮装の連中だ。ここにも町組ごとの趣向が凝らされた。屏風絵の中には、大黒《だいこく》、布袋《ほてい》、毘沙門天《びしやもんてん》、恵比須《えびす》、寿老人《じゆろうじん》など福神《ふくじん》揃えの仮装の組があるかと思えば、天狗《てんぐ》・南蛮人の異装を模した者たちも描かれている。山伏《やまぶし》、弁慶、狒々猩々《ひひしようじよう》、高い白襟飾《しろえりかざ》りをつけた黒人、烏天狗など、ごったな仮装が入り交じった集団がいる。なかでも目をひくのは、身長の倍以上はあろうかというタケノコに扮《ふん》した者だ。巨大なタケノコの作り物をすっぽりとかぶり、中ほどにくりぬいた穴から男が顔を覗かせている。それにしても、なぜ八月にタケノコなのか？　理由はよくわからない。

風流傘を中心に、仮装の者たち。その周囲を、さらに百名を超す踊り衆が二重三重に輪を描くようにとりかこむ。

豊国の神の威光はいやましに、
万代《ばんだい》までも久しく、めでたし

と、最初こそ秀吉をたたえて生真面目にはじまった輪踊《わおど》りは、しかしすぐにくだけて、

花の錦《にしき》の下紐《したひも》は、とけてなかなかよしなや、
月夜におりやれ、月の夜におりやれ

と、たちまち当世風の下世話な小歌《こうた》になった。

太鼓《たいこ》が打ち鳴らされ、鉦《かね》が鳴る。

踊りの衆は鉦と太鼓のリズムにあわせて、いっせいに、飛んで、跳ねる。

体をくねらせ、折り曲げ、躍りあがる。

跳ねあがり、ぐるぐると輪を描いて移動する。

拍子を合わせ、足をどんっと踏み鳴らす。えい、と声をあげる。

踊る者たちの外側を、巨大な金色の団扇をもった「床几持《しょうぎも》ち」の者たちがとりかこみ、大きな団扇であおいでせっせと風をおくっている。——

上京町組の踊り衆は、その日は朝からまずは内裏《だいり》に押しかけ、風流踊りを天皇や女院の上覧に供した後、豊国社に練りこんだ。

下京町組の踊り衆は、逆に、先に豊国社境内で踊りを披露した後、夕刻近くになって禁中へおしかける。

かれらは踊りながら移動した。

すれ違うさい、京の町筋がすさまじい混雑を来したことは想像に難くない。見物人のなかには踊りに飛び入りで参加し、踊り衆と一緒になって踊り狂った者も少なからずいたはずだ。

〝貴賤群衆、あたかも狂いしごとし〟

祭りを目にした教養人たちの驚愕のほどが窺える。

豊国大明神臨時祭に参加した京の町衆は一見千差万別、共通点などなにひとつ存在しないように思える（なにしろ〝タケノコ〟である）。

だが、ある一点において、かれらの趣向は完全に一致していた。

尋常ならざる風体。

異端・異風を好む風潮。

いい、かぶきだ。

この頃。

京の北西・北野天満宮境内では、〝天下一〟の幟を掲げた「出雲阿国一座」が、連日「満員御礼」となる人気興行をつづけていた。数多ある他の見世物興行の追随をゆるさない圧倒的な集客力だ。

北野に集まる客たちのお目当ては、何といっても阿国の「かぶきをどり」であった。

阿国の「かぶきをどり」は世に流行る「かぶきの風潮」をいち早く衣装や舞台に取り入れたから爆発的な人気を博した——という説がある。

そんなことはありえない。

逆だ。阿国（と、その舞台）こそが当時のファッション・リーダーであり、流行《トレンド》の発信者であった。阿国が舞台で取り入れた新しい服装や踊りの趣向は、旬日を経ずして京のまちの流行となった。阿国の服装や、あるいは阿国が踊りに取り入れた斬新な動きを真似る者たちが、京のあちらこちらで見受けられた。

極言《きょくげん》すれば、阿国その人が〝かぶき〟を象徴する存在だったのだ。

〝浮世絵の元祖〟岩佐又兵衛《いわさまたべえ》作と伝えられる「豊国大明神臨時祭」六曲一双の屏風絵が残されている。

左隻下半分をびっしりと覆うのは夥《おびただ》しい数の群衆の姿だ。他の屏風絵に見られる「風流傘を中心にした踊りの輪」といった秩序は、この絵にはどこにも見られない。屏風絵のなかで踊り狂うひとびとは、不自然なまでに体をくねらせ、手を振り、扇をかざし、はたまた足を高く蹴上げて、飛び跳ねている。かれらの姿は、「踊り」（秩序）というよりはもはや「狂乱」（混沌）に近い。そのぶん人々の熱狂が伝わってくる一種独特の画面構成だ。

おそらくこの画面に描かれたかれらの興奮こそが「かぶきをどり」の本質だったのだろう。

長い戦乱の世のあとに忽然《こつぜん》と現れた平和と繁栄の時代。——それが、のちに慶長年間（一五九六年から一六一五年）と呼ばれる時代の特徴だ。

〝金銀、山野にわき出づ〟

といわれた時代でもある。

佐渡《さど》をはじめ各地で新たに見つかった鉱脈から大量の金銀が採掘され、京の都に運ばれた。公家や武家のみならず、町人、下女たちまでもが好んで金をあしらった着物を身につけた。当時、京を訪れたヨーロッパ人は驚きをもってこの様子を書き送り、欧州で「黄金の国ジパング」の幻想が生まれたほどだ。

珍しい南蛮切や、唐渡りの手のこんだ金襴緞子がもてはやされ、驚くほどの高値で取引された。西陣（上京区新町通から西へ千本通に至る）が高価な絹を独占し、ほかの町から顰蹙《ひんしゅく》をかったのもこの頃の話である。

平安末期に世を席巻した悲観的な末法《まっぽう》思想——間もなくこの世の終わりが来る——

は、一転して、

〝いまが弥勒《みろく》の世なるべし〟

とうたわれるようになった。

「憂《う》き世」は「浮《う》き世」と書き改められ、「隆達節《りゅうたつぶし》」なる陽気な小歌が民衆のあいだで爆発的に流行する。

夢の浮世の露《つゆ》の命のわざくれ、成次第《なりしだい》世の、身は成しだいよの

「夢の浮世」「露の命」「なりしだい」……

何やら、かつてのバブル経済のころを思わせる文句で、背中のあたりがうそ寒い。

事実、この時代も富は都市にのみ集中した。

京の町衆が享受する繁栄は結局のところ、秀吉以降、徳川幕府に引き継がれた兵農分離政策の過程で生み出された、実体のない空景気《バブル》だった。

見せかけの繁栄のなか、旧来の価値が否定され、社会規範にゆらぎが生じた。人々のあいだに戸惑いと不安がひろがっていた。

その不安や戸惑いに対する一つの反応が「かぶき」であったともいえる。

たとえば先の岩佐又兵衛作「豊国大明神臨時祭図屏風」の一隅に、喧嘩をはじめた、もろ肌脱ぎの若侍たちの姿が描き込まれている。

若侍の一人が帯びた身の丈ほどもあろうかという大太刀。その朱鞘《しゅざや》には、よく見れば、「生き過ぎたりや廿三《にじゅうさん》　はちまんひけはとるまい」の文字が小さく刻まれている。「はちまん」は「神かけて」と同意、「どうあっても」といった程度の意味だ。問題は——。

生き過ぎたりや廿（二十）三

まるで、戦後に流行したやくざ映画で高倉健《たかくらけん》演じる特攻帰りの任侠《やくざ》が口にしそうなせりふだ。

明日を信じない刹那《せつな》的な生き方が「かぶきもの」の行動原理だった。

不思議なことに、現存する「豊国大明神臨時祭図屏風」は、いずれも方広寺大仏殿を背景に町衆の大乱舞を描いている。「不思議なことに」というのは、大仏殿は慶長七年十二月の火事で焼失し、当時は存在しない建物だからだ。

踊り狂う町衆の背後、金泥で描かれた雲間からのっと聳《そび》える巨大な〝幻の〟大仏殿は、そう思って眺めれば、ひどく不気味な感じがする。

その不気味さをもひっくるめて、豊国大明神臨時祭が「かぶきをどり」の絶頂だった。

秀吉の七回忌に、あたかも物の怪に憑かれたように踊り狂う京の町衆の姿は、関ヶ原に勝利して天下人となったはずの徳川家康にとっては、予想外の、悪夢のような光景だった。

臨時祭期間中、家康はついに入洛《じゅらく》せず、伏見城から傍観《ぼうかん》している。ところが、祭が終わった八月二十日、上下京の町衆が大挙して家康のいる伏見城に押し寄せ、「風流踊り」を仕掛けるというハプニングが起きた。

暴動の気配さえ感じさせて踊り狂う京の町衆の姿に、家康はおぞけをふるう――。

慶長九年秋。

阿国は連日、北野の定舞台で踊っている。

　夢の浮世じゃ、ただ狂え
　いざやかぶかん、いざやかぶかん

舞台で阿国が客席にむかって発した台詞は京の町衆のあいだで、さらには道端で遊ぶ京童《きょうわらべ》たちでさえ知らぬ者なき流行語となった。

本阿弥光悦の文字と夢中でとりくむ伊年と宗二の二人は、しかし、そんなことにも気づかない。

十　嵯峨本

俵屋伊年。

上京小川に小さな見世を構える扇専門店「俵屋」の若旦那《ぼんさん》である。これといった肩書があるわけではなく、周囲の者たちにはむしろ「（かなり）頼りない」と目されている――。

その伊年が、角倉与一がはじめた「国書活字印刷出版事業」に参加するのは、異例の抜擢《ばってき》といっていい。

当代きってのアートディレクター、本阿弥光悦直々のご指名だ。

本阿弥光悦は、厳島神社「平家納経」修理のさいに伊年が描いた絵に目をとめ、今回の仕事の依頼を決めたという。

――伊年の絵の、どこが良かったんどっしゃろ？

と理由をたずねた与一の問いに、光悦は直接は答えず、口許《くちもと》に微笑を浮かべて、

――平家納経を見た瞬間、音が聞こえた。あの絵を描いた者には、そう言えばきっ

とわかるはずだ。

と、謎のような返事をしたらしい。

与一から話を聞いて、伊年ははっとなった。

たしかに伊年自身、平家納経を目にした瞬間、音を聞いた。四百年前、平安王朝時代の絵師たちが描いた平家納経絵巻を開いた刹那、頭のなかに音が鳴り響いた……。

否、おそらくそれは世の人たちがいう「音」と同じものではないのだろう。実際、伊年はその音を耳で聞いたわけではない。

経典絵巻を開いた瞬間、伊年は、かすかで、涼やかな、心地よい音を聞いた。あたかも無邪気な子供の笑い声を聞いたときと同じ反応が自分の中にわき起こるのを感じた。伊年にとってそれは「音」、もしくは「音律《おんりつ》」としか言い表しようのない何かだった。

不思議なことに、すぐ隣で一緒に経典を見ている宗二には何も聞こえていないようだった。それをいえば、経典修理の現場にいた他の誰一人として同じ音を聞いていないのは、かれらの顔つきからも明らかだった。

——自分だけの思い込み。

伊年はそう思った。

似たような経験は、それまでもよくあったから。

平家納経を見たときほどはっきりした音ではない。が、伊年は幼い頃から絵や図柄を見て、あるいはそれらを描き写しながら、頭のなかに「音」が鳴り響くのをしばしば感じた。

「音」の種類はさまざまだ。かろやかな、涼しげな風の音もあれば、雷鳴のごとく思わずびくりと跳び上がりそうな恐ろしげな音だったこともある。ユーモラスな、あるいはうっとりするような音律の場合もあった。

子供の頃、伊年は何度かその経験を周囲の者に伝えようと試みて、そのたびに妙な顔をされた。大人たちの中には「この子は頭がおかしいのではないか」と、はっきり言う者もあった。もともと口べただったせいもあって、伊年はいつしか頭の中に聞こえる「音」について、誰かに話すのをやめた。自分にしか聞こえないのなら、それは「ない」ということだ。そう思おうとした。

だが、本阿弥光悦には音が聞こえた。平家納経を目にした瞬間、伊年の頭のなかで鳴り響いたあの音が。

自分だけの思い込みではなかった。自分と同じ世界を見ている、聞いている者がいる……。

伊年が仕事を引き受ける気になったのは、与一から光悦の言葉を伝え聞いた瞬間だったのかもしれない。

時代を代表する能書家《のうしよか》、家業の刀剣ばかりでなく、数多の工芸美術品に精通した〝万能の文化人〟本阿弥光悦は、伊年の平家納経修理絵のいったい何を評価したのか？

見返しに堂々と描かれた鹿の絵にあらわれた型にとらわれない即興性、またその当意即妙なアイデアを支える多様なヴァリエーションの存在を見抜いた。

あるいは、卓越した空間処理能力、権威に怖じない軽やかさ、ユーモア、動植物への愛情にあふれた図柄、さらには扇絵ならではの構図の面白さを徹底的に追求した絵の独自性、といったものであったのかもしれない。

結果として、光悦の眼は正しかった。

もてる力のすべてを注ぎ込んだ伊年の努力は、嵯峨本《さがぼん》下絵としてみごとに結実する。

嵯峨本。

角倉本《すみのくらぼん》。

光悦本《こうえつぼん》とも。

主に木活字《もつかつじ》を用いた本朝初の本格的平仮名印刷出版物の一群を指して用いられる名称で、表紙には色変わり料紙、本文は具引きした上質の鳥の子紙に雲母摺りの下絵が施されているのが特徴だ。

嵯峨本下絵には、竹・藤・薄《すすき》・梅・松・蔦《つた》・桐・菊・紅葉《もみじ》・葡萄《ぶどう》・笹・露草《つゆくさ》・梔子《くちなし》・桜・山吹・蝶・蜻蛉・鹿・鶴・兎・鷺《さぎ》・鶯《うぐいす》・松山・蛇籠《じゃかご》・山の端《は》、その他、月・波・流水・橋・唐草模様など、じつに二百種余りのヴァリエーションが確認されている。

まさにデザインの宝庫。

当時わが国で使われていた図案が一堂に会した趣さえ感じられる。

驚嘆すべきは、これだけ多種多様な図案が用いられていながら、嵯峨本を全体として眺めた場合、見事に統一感が保たれていることだ。

これは下絵を描いた者（伊年）が単に絵を並べ置いただけではない——すべての絵柄を何度も咀嚼し、反芻し、完全に己のものとしていたことを意味している。

よく見れば、嵯峨本下絵に見られる図案の多くは、伊年の本職である扇絵や、かれの実家である織屋で古くから用いられてきたものだ。伊年は物心もつかない幼いころから、それらの図案や意匠をせっせと模写することで頭の中の画帳（絵手本）に描き溜めてきた。

嵯峨本下絵において、伊年は扇面で試みてきたそれらの図案や意匠を一部だけトリミングし、あるいは画面に対する大きさや配置の具合を大胆に変化させることで、驚くべきデザインの多様性を展開し、さらに構図の面白さを引き出している。これは、おそらく本阿弥光悦の意見を取り入れたものであろう。

それにしても、嵯峨本下絵に見られる自在な筆さばきはまったくもって舌を巻くばかりだ。それまでもっぱら扇絵ばかり手掛けてきた絵職人（伊年）の仕事とは、とても信じられないほどである。

生まれて初めて出会った世界を共有する相手（光悦）に認められたい。

その欲求が、伊年を未知の領域へと引きずりあげた――サナギが蝶に羽化した――そうとしか思えない変身ぶりだ。

かくて、
角倉与一、紙屋宗二、俵屋伊年
三人の幼なじみに、本阿弥光悦という時代の巨人が加わったことで嵯峨本は誕生した。

『方丈記』『徒然草《つれづれぐさ》』『二十四孝《にじゅうしこう》』『伊勢物語《いせものがたり》』『源氏小鏡《げんじこかがみ》』『観世流謡本《かんぜりゅううたいぼん》』……

角倉与一が嵯峨野に開いた印刷所で、数多くの書物が次々に印刷された。

それ以前は「手書き写本の回し読み」という形で流布《るふ》するしかなかった書物が、「平仮名活字印刷物」として広く流通可能となった画期的な瞬間である。

嵯峨本は、けっして廉価な品ではなかったにもかかわらず、刊行されるや否や、経済的に余裕のある者たちはみな、奪い合うようにしてこれを求めた。

なかでも『謡本』は京の町衆を中心に絶大な人気を博し、謡曲百一番を一セットとしたものが九種、八版以上刷られていたことが確認されている。『謡本』は当時のベストセラーであり、かつまた近世を通じてロングセラーでありつづけた。

なにしろ版下にあの本阿弥光悦の文字を用いるという、考えようによっては気が遠くなるほど贅沢な印刷物である。宗二の料紙、伊年の下絵の美しさもあわせて評判となり、とくに茶人や演能好きの趣味人のあいだで嵯峨本は爆発的に売れた。

もともとは、角倉与一が、

「これ（朝鮮半島の優れた活字印刷技術の導入）こそが、角倉家の二つの家業を統合するために己が生涯をかけてなすべき仕事だ」

と考え、貿易で得た利益をすべて投じる覚悟で始めた文化事業だ。経済的な成功は、意外といえば意外な展開であった。

珍しく家で顔を合わせた父・了以からほめられて、与一は複雑な気持ちになった。

嵯峨本は美と叡知《えいち》の奇跡のような合一だ。

おそらく人がなし得る最高到達点のひとつだろう。与一自身、印刷所を開いた時点では、己の手でこれほど美しい結果（書物）を生み出せるとは想像すらしていなかった。

本阿弥光悦の協力が得られたのは大きい。それ以上に、紙屋宗二、俵屋伊年という幼なじみの二人が、まさかあそこまで素晴らしい仕事をしてくれるとは、正直、思ってもいなかった。

与一とて「嵯峨本」が世にひろく認められ、趣味人に競って求められて嬉しくないわけはない。だが、その一方で、己が精魂込めた嵯峨本が結局は金銭的成功に換算されてしまうことに、どこか釈然としないものを感じてしまう……。

嵯峨野角倉別邸の自室に戻った与一は、腕を組み、黙然として目を閉じた。

与一がはじめた活字印刷・出版事業は驚くべき成功をおさめた――それはたしかだ。

最近では禁中(皇族)や上流公卿に求められて〝献本〟する機会も多くなっている(やんごとなきお方たちは、金銭による売買という下世話な形式ではなく、あくまで〝献本と金品下賜《かし》〟という建前を好んだ)。

嵯峨本事業を通じて、師と仰ぎ見てきた本阿弥光悦とも親しく交流することができた。光悦に直接書の指導をしてもらう幸運も何度か得、おかげで我ながらずいぶん腕が上がったとの認識もある。

最近では光悦に、書物選定の相談にも乗ってもらっている。

――次は「月の歌」を集めた歌撰集は如何《いかが》か。

先日も、そんな話を二人でしたばかりだ。

嵯峨本の人気は高まる一方だ。事業は拡大。人間関係も悪くない。印刷所で雇用している、朝鮮半島から連れてこられた職人たちからも感謝されている。一見、何の問題もない。だが。

(このままで良いのか?)

嵯峨本の評判が上がれば上がるほど、与一のなかに戸惑いがひろがっていた。

朝鮮半島の技術者たちから聞いた活字印刷技術はじつに魅力的だった。この技術を使えば、新しく書物を作るに際して文章を書き直す必要がない。一文字一文字ばらばらにして、文章を組み直すことができる。一度活字をつくれば、どんな書物でも印刷可能だ。

わが国で使われているかな文字はわずか四十七文字。かな文字印刷は四十七個の活字でことたりるということだ。あとは作品によって必要な漢字活字をつど追加していけば良い――。

大陸の漢字や、朝鮮半島で使われている文字(ハングル)なら、まさにそのとおり。だが、日本では平安時代以来かな文字が多く使われている。ことに町衆の間ではかな文字が読み書きの主流だ。畢竟、かな文字の印刷が多くなる。

与一が直面しているのは、かな文字活字印刷特有の困難さであった。

かな文字を手書きする場合の特徴は、二文字、三文字、場合によってはそれ以上の数の文字をつなげて書くことだ。「連綿《れんめん》」と呼ばれるこの書法は、表音文字であるかな文字をすべてばらばらに書くと、一読しただけでは意味がとりづらい場合が出てくるためである。

問題は、文字と文字とのつなぎであった。

連綿書きでは次に来る文字次第でつなぎの位置が変わってくる。左、右、真ん中。ひとつのかな文字に、少なくとも三種類の活字が必要になる。

文字の大きさの問題もあった。

手書きの場合、人は無意識のうちに、名詞内の文字と格助詞の文字の大きさを変えて書く。また単語の頭と間では、やはり文字の大きさが異なる。手書きかな文字の場合、それではじめて自然な読みが可能になる。

これらの問題に対応すべく、嵯峨野の印刷所では、試行錯誤の結果、二文字、または三文字をひとまとまりにした「連彫《れんちょう》活字」を作成した。連彫活字を用いることで、読むさいの不自然さは回避される。

ところが、連彫活字の使用は別の問題を生み出した。スペースの関係上、連彫活字は別の箇所では使いづらい。結果、せっかくの活字が特定の一ヵ所でしか使えない——たとえば嵯峨本の『伊勢物語』では一度しか使えなかった活字が二割近く存在する——「活字」の意味をなさない——という、笑うに笑えない事態が発生していたのだ。

さらにインクの問題もあった。当面使っている墨と岩絵具では、どうしても印刷時にむらが生じる。活字印刷専用のインクの開発が不可欠だ。だが。

（そんなことはどうでもいい。所詮すべては効率の話だ。それより……）

与一は目を開けた。その目をぐいと細め、遠くを見る。目には見えない遠くの場所を。

与一が頭を悩ませている最大の問題。

それは、活字印刷と美しさとのかねあいであった。

活字版下に提供された光悦の文字

その文字を最大限活かすべく宗二が提供した料紙

伊年の下絵

三者は渾然一体となって嵯峨本の美を生み出した。そのために、逆に活字印刷のさい必然的に生じる、わずかなゆがみや、ひずみがひどく目立ってしまうのだ。みなが必死に追い求めた境地に到達したがゆえに応用が利かない。

皮肉といえば皮肉な話であった。

利益追求のためだけなら、このまま事業を続けた方が良いのは明らかだ。しかし。

（それが本当に自分が生涯をかけてやりたかったことなのか？）

与一の悩みは深い。

＊

光悦様《よう》の書の特徴のひとつに「放《はな》し書き」がある。文字と文字を連続させない筆はこびは、もしかすると嵯峨本のために光悦が意図的に生み出した技法であったのかもしれない。

十一　鶴下絵三十六歌仙和歌巻

京のひとびとのあいだで嵯峨本の人気が高まるにつれて、光悦のもとにさまざまな者たちから依頼が舞い込むようになった。

本阿弥家の家業である刀剣に関した仕事ではない。

評判の嵯峨本を開いた者たちは、そこに書かれた文字の美しさに驚嘆した。最初はそれらの文字が活字印刷である事実を理解できず、説明されて、ようやく半信半疑、仕組みを納得すると、今度は、

——活字印刷（いったんばらばらにした文字を再度組み直して印刷）にして、これほどの美しさだ。色紙や短冊に直《じか》に書いてもらえれば、どれほどのものであろう。

と思いなす。そして、

——何とかして光悦殿直筆の、一点物の書を手に入れたい。

という欲望に取り憑かれるのが常であった。

かれらはさまざまなつてをたどり、本阿弥家と取引がある武士や上層町衆、公卿ら

の紹介状をもって、本阿弥家の門前に市《いち》をなした。刀剣のとぎ・ぬぐい・めききを依頼するためではない。かれらはみな光悦の揮毫《きごう》を求めていたのだ。

光悦も、さすがにいちいち面会することはなかったものの、正当な紹介状をもった者たちの希望には柔軟に対応している。断る、こともできたはずだ。

光悦自身、嵯峨本を通じて新たな書の面白さ、可能性を感じていたのだろう。

この頃、光悦が自ら筆をとった（と伝わる）多くの色紙や短冊が残っている。

古今集和歌色紙、短冊
新古今集和歌色紙、短冊
千載集和歌色紙
百人一首和歌短冊

光悦の文字はじつにのびやかだ。たっぷりと墨を含んだ筆は、色紙や短冊上で自在に変化し、線の強弱肥痩は、嵯峨本活字版下用にもまして、時にあざとさに堕《お》ちる寸前、ぎりぎりのところまで強調されている。

〝あざとさに堕ちる寸前〟なのは、光悦の文字だけではない。

光悦がこの頃、筆をとった色紙・短冊の多くは、たとえば紫、たとえば藍、紅、茶、あるいは（めったに見ない）緑といった色に、通常よりかなり濃く染められている。和歌を書く色紙にしては、いささか濃すぎるほどの染色だ。

濃く染めた色紙・短冊に描かれた下絵の図柄や意匠は、

「月に萩《はぎ》」

「百合」

「稲田《いなだ》」

「波に垂柳《たれやなぎ》」

「夕顔」

「千羽鶴」「浜松」

といったもので、図案自体は珍しくないものの、金銀泥をたっぷり用い、画面からはみ出さんばかりの絵筆の勢いは——実際、ほとんどの図柄は画面に収まっていない——もはや和歌を書くための料紙下絵の役割を逸脱しているとしか思えない。

通常より濃く染めた料紙。

画面からはみ出す勢いの金銀泥下絵。

いうまでもなく、

宗二の料紙

伊年の下絵

の組み合わせだ。

まるで、宗二と伊年が二人で結託《けったく》して光悦をあおっている。

そんなふうに見える。

あるいは、その逆。

光悦が先に色紙や短冊に字を書いてみせた。そして、

「この文字に見合う料紙と下絵を用意してほしい」

そういって宗二と伊年の二人をあおり、ぎりぎりのところまで追い込んだ——。

三人の関係性を考えれば、こちらの方がありそうだ。

どちらが先だったのか、いまとなっては確かめようもない。

いずれにしても、光悦が揮毫《きごう》した色紙・短冊は、その美しさ、またその斬新性によって京のひとびとの間でさらなる評判となった。

光悦の揮毫を求める者はあとをたたず、やがて裕福な者、身分の高い者たちのあいだから、お気に入りの和歌を集めた色紙帖や和歌巻《わかかん》を書いて欲しいという声が次々に聞こえはじめる。中には断るに断れない依頼もあり、一度引き受けると、あとは雪崩をうって注文が殺到した。

もともとは、

——より多くの者に美しい本を手にとってもらいたい。美しい本を世に広めたい。との思いで角倉与一と本阿弥光悦がはじめた国書活字印刷出版事業は、「金銀、山野にわき出づ」といわれた当時の京のいびつな経済的繁栄を背景に、意外な方向へと足を踏み出すことになった。

伊年は作業場に座っている。体の前に両の拳をつき、身を乗り出した姿勢のまま、さっきから微動だにしない。床にひろげた横長の料紙を前にして、伊年は戸惑っていた。与一の父・角倉了以と古くから付き合いのある、ある裕福な町衆の依頼で和歌絵巻をつくることになった。

与一によれば、相手は嵯峨本を見て「この組み合わせ（料紙、下絵、文字）でどうしても和歌巻が欲しい。金はなんぼでも出す。ただし、文字、下絵ともに直筆一点物で」と言ってきかないらしい。

「昔から付き合いのある相手よって、むげに断ることもできん。一応持ち帰って光悦どのに相談してみたら、意外にも〝是非やろう〟言わはる。……なんや、えろう乗り気でな」

話をもってきた与一は、むしろ困惑した様子だ。申し訳なさそうに目を伏せ、

「宗二はやる言うとる。こっちの手伝いばかりやらせとるみたいで気ィひけるんやけど、また頼まれてくれるか？」

と言って、伊年に頭を下げた。

たしかに、嵯峨本に関わることで本業の扇屋の商売がおろそかになっていた。

与一の懸念は尤もだ。

が、じつをいえば、俵屋の大旦那・仁三郎は、伊年があの本阿弥光悦と仕事をすることになったと聞いて大得意だった。最近は病がちで、床につくことも多かったのだが、「なんも心配いらん。店のことは任せとき」そう言って伊年の背中を押してくれている。

伊年としても、自分の絵が扇面だけでなく書物の下絵として広く受け入れられている状況は、これまでにない不思議な高揚感があった（なんだか首根っこをつかまれて、いきなり見知らぬ場所にほうり出されたような気がしないでもなかったが）。

それに、最近は、

――本阿弥光悦の文字と、なんとか対等に渡り合う下絵になってきたのではないか？

と、内心ひそかに思いはじめたところだ。

こんな面白い仕事を、他の絵師や絵職人に取られたくはない。伊年は、周囲の状況に目をつむって、仁三郎のことばに甘えさせてもらっていた。

「絵巻、面白そうやないか。やってみようや」

承諾すると、与一は「そうか、やってくれるか」とほっとした様子で頷き、その後なぜか、一瞬複雑な表情をうかべた。

丸っこい体を傾けるようにして帰っていく友人の後ろ姿を見送って、伊年は首をひねった。

与一が何を考えているのか、最近よくわからない。

しばらくして、絵巻用に特別に仕立てた料紙が宗二から届いた。

包みをひらいて、伊年は言葉を失った。

縦、一尺余り（約三十四センチ）。上質の鳥の子紙を継ぎ合わせ、長さは七間半（十三メートル半）にもなるだろうか。

極端に横長の画面だ。

俵屋の奥の仕事場では一度に広げきれない。

——なるほど。これが……絵巻か……。

伊年は眉を寄せた。

無論、見るだけなら、これまでにいやというほどたくさんの絵巻を見てきた。先日も光悦の紹介状をもって、京の裕福な商人が手に入れた唐渡りの珍しい「百雁図巻《ひゃくがんずかん》」

を見せてもらってきたばかりだ。

だが、見るのと、自分で絵を描くのでは、話はまったく別だった。

絵巻を見る場合、通常〝見る分〟だけを体の前に広げ、巻き取りながら順に眺めていく。それが一般的な鑑賞作法だ。一度に広げる画面は通常一尺かせいぜい二尺（約六十センチ）程度。七間半もの、何も描かれていない白紙の画面を一度に目にする機会は皆無であった。

縦横の画面比率は約四十倍。

世界でも他に類を見ない画面形式だ。伊年が得意とする扇面とでは、あまりにも形がちがいすぎる……。

極端に横長の画面をいったいどう使えばいい？　この画面に何を描けばいいのか？

――落ちつけ。

伊年は混乱する頭を静めようと、懸命に自分に言い聞かせた。

伊年にとって画面とは、幼いころからずっと扇の形をしたものだった。

上辺と下辺の屈曲が異なる特殊な扇形。稲妻形に折り畳み、また広げて見ることを前提とした画面づくりだ。独特な形態だが、その分、工夫のしがいもある。

短冊や色紙なら、まだなんとかなった。扇を広げた場合の、あるいは半ば閉じた場合の面をイメージして絵を描けばいい。

印刷活字用の〝嵯峨本〟下絵に描いたのも、基本的には扇絵のヴァリエーションだ。

竹、藤、紅葉、葡萄、
鹿、鶴、鷺、鴛、
蛇籠、月、波、唐草模様。

いずれも扇絵で試したことのある絵ばかりである。

色紙、短冊ならば扇絵の応用でなんとかなる。だが。

伊年は絵巻用の料紙の上に身を乗り出した。

何も描かれていない白紙の状態だと、横長の画面の特殊性がいっそう際立って見える……。

落ちつけ。

伊年はもう一度自分に言い聞かせた。

画面から目を上げ、大きく息を吸い、ゆっくりと吐いた。

呼吸を整える。

ふと、頭の中で声が聞こえた。

——鶴が飛ぶ様が見たい。

伊年は眉を寄せた。

先日、本阿弥家に招かれ、茶のもてなしを受けた。そのとき光悦から言われた言葉だ。

慣れない茶の湯の席に緊張していた伊年は、とっさに何を言われたのか理解できなかった。

ぽかんとしていると、光悦はひとまず伊年に茶をすすめ、そのあとで、伊年が描いた嵯峨本下絵や色紙の中から、鶴の図だけをひとつずつ取り出してみせた。

水辺に佇《たたず》む一羽の鶴。羽ばたいて飛び上がる鶴の姿。首を曲げ、あるいはわずかに嘴《くちばし》を開いた鶴たち。翼を広げて滑空する鶴の群。

伊年は唖然とした。

たしかにこれまで、いくつかの図案化した鶴の姿を嵯峨本下絵や色紙、短冊に描いてきた。

伊年の独創ではない。意図的に細部を削ぎ落とすことで極端に単純化された鶴の図案は、扇絵や織物の世界では古くから頻繁に使われてきた意匠のひとつだ。

驚いたことに光悦は、伊年が描いたそれらの鶴の姿態《したい》をすべて、一々記憶していた。

光悦は静かな声で「あの短冊の鶴の姿はよかった」だの、「あの色紙に描いた鶴はもう少し羽を広げていた方が見栄《みば》えがしたはず。文字のために遠慮したのではないか」などと、そんなことをひとしきりしゃべった後、何気なく視線を脇に逸らして、

――鶴が存分に飛びまわる様を見てみたい。

独り言のようにそう言ったのだ。

――文字のことは一度忘れて、鶴の飛ぶ様を思いきり描いてみてはどうか。

帰り際にも、もう一度そんなふうに言われた。

迂闊《うかつ》にもそのときは気づかなかったが、もしかするとあれは伊年が絵巻の横長の画面に戸惑うことを見越しての示唆だったのではなかったか……。

かっ、と顔が火照《ほて》るのを感じた。

最近は対等に渡り合う下絵になってきたなど、とんでもなかった。一瞬でもそんなふうに考えた自分が、阿呆のように思えた。雲に乗ってひとつ飛びしたつもりが、本阿弥光悦の手のひらの上で踊っていただけだ。

勝てない。

そう思った瞬間、肩から力が抜けた。

どうせ勝てないのなら、光悦が書く文字に遠慮することはない。字のことは忘れて、思いきり描いてやる。お望みどおり、この画面いっぱいに鶴を飛ばしてみせる

――。


頭のなかに、ひょいと一つのイメージが浮かんだ。

銀泥金泥だけをもちいて、横長のこの画面いっぱいに単純化した鶴の群を描く。鶴の体は銀。嘴と頭と脚、それに尾羽は金だ。様々な姿態の鶴の姿を少しずつずらして描くことで、鶴が飛びまわる景色を画面いっぱいに表現する。絵巻の画面ならそれができる。


伊年は、くすり、と笑った。

笑った理由は、自分でもよくわからない。

気がつくと、十三メートル半の白い画面のどこに、何を、どう描くべきか、細部まですべて決まっていた。

――善は急げ、や。

伊年は口の中で小さく呟き、立ち上がろうとして、うっと呻いた。

長いこと同じ姿勢で座りつづけていたので、足がしびれて、すぐには動けない。


「見る」とは何か。

簡単なようで難しい。

洋の東西を問わず、絵画の歴史は、この問いに答えるための試行錯誤であったといっても過言ではない。

もし画家（絵師）が目に映る対象物すべてに焦点をあわせ、それらをみな紙（板、壁、その他）の上に写し取ったとすれば、絵を見るものにとっては、それはもはや「混沌」以外の何物でもない。「すべてを描く」ことが「見る」ことへの答えでも、あるいは「見たままを描く」ことでもないのは明らかだ。

西洋絵画においては、たとえばベラスケスの天才を嚆矢《こうし》とする（と言ってしまって良いだろう）印象派たちは「画面上ではなく、見る者の目の中で光を混ぜ合わせる」ことで、絵画の中に光をもたらした。これなどは「見る」ことに対するひとつの答えであろう。

話が少し逸れたが――。

十七世紀初めの東洋の島国、ヨーロッパのひとびとが〝ミヤコ〟と呼ぶ場所で伊年が絵巻に採用した技法もまた「見る」ことへのひとつの答えであった。

伊年は、金銀泥のみを用いて図案化した鶴の姿を、少しずつずらしながら連続して描いた。

水辺にたたずむ鶴の群は羽を広げて飛び立ち、高く舞い上がっていったん画面から見切れ、すぐにまた画面に連続して降りてくる。鶴たちは銀泥で描かれた波の上を滑空し、金泥の雲の間を舞い、ふたたび波上に姿を見せる。やがて水辺に舞い降りた鶴たちは、水に足を浸して休息する。

絵巻に描かれた鶴の数は、じつに百三十九羽。

今様《いまよう》の狩野派が描く金銀泥絵がおもに線描の巧緻《こうち》さを特質とするのにたいして、伊年はあえて線を用いず、思い切って単純化した鶴の姿を面だけで描いている。使われている色は金銀泥のみ。筆の速度の変化によって濃淡を施し、面の輝きを強調する筆さばきは時代を先どりした新機軸といっていい。

伊年はまた、極端に横長な特徴ある画面を利用し、絵柄を少しずつ変化させながら連続して描くことで、鶴たちがまるで動いているように「見える」工夫をしている。見る者の側の目の動きを利用したこの手法は、こんにち言うところのアニメーション効果そのものだ。

尤も、この技法も伊年の独創ではない。絵巻ではむしろ一般的ともいえる手法であり、有名どころでは十二世紀に描かれた「鳥獣戯画《ちょうじゅうぎが》絵巻」や〝飛倉説話〟で有名な「信貴山縁起《しぎさんえんぎ》絵巻」、応天門《おうてんもん》炎上の顚末を描いた「伴大納言絵詞《ばんだいなごんえことば》」などにもアニメーション技法の萌芽がはっきりと認められる。

それら先駆者たちと比べても、伊年が描いた鶴のうごきは驚くほど滑らかだ。「鳥獣戯画絵巻」や「伴大納言絵詞」が紙に描かれた漫画のページをめくる感じだとしたら、伊年の鶴絵巻は映像アニメーションを見るほどの違いが感じられる。そうなった理由はおそらく——

本阿弥光悦の文字の影響だろう。

伊年がいくら「字のことは忘れて描く」と決めても、意識のどこかには常に「光悦の文字」があったにちがいない。

本阿弥光悦が書く〝光悦流〟の文字の最大の特徴は〝調和より動きの重視〟だ。美術史上の概念で言えば古典《クラシック》よりバロックに近い。その意味で光悦の書は、時代を飛び越えて二十世紀のジャズに隣接するJ・S・バッハの音楽を思わせる。

動きの要素の強い光悦流の文字に対抗するために、伊年が描く鶴たちもまた〝あたかもアニメーションのごとく〟絵巻の中を飛びまわることになった——実際、そうとしか思えない見事な出来栄えだ。

伊年は描き上げた「鶴下絵」を、店の丁稚《こども》に持たせて光悦に届けさせた。

本阿弥家はほんの目と鼻の先、俵屋のすぐ近所だ。

自分で持参すればよいのだろうが、伊年ははじめて手掛けた絵巻下絵を光悦にどう評価されるのか不安だった。

（調子に乗って、やりすぎたか？）

との思いも、じつは少しあった。

数日して、本阿弥家の使者が光悦の伝言を携えてきた。

伊年が描いた鶴下絵を和歌巻に仕上げた。宗二の表具（裏打ち）も済んだので、依頼主に納品する前に一度見てもらいたい、という。

伊年は丸一日悩んだあげく、恐る恐る本阿弥家を訪れた。

来訪の旨を告げ、待っていると、屋敷の奥から見覚えのある若い娘が現れた。

面長のうりざね顔に、よく光る切れ長の目。

本阿弥光悦の娘、冴《さえ》だ。

水紋をあしらった水色の小袖に薄桃色の帯がよく似合っている。すらりとした指先にまで神経の行き届いたきびきびとした所作が、相変わらず息を呑むほど美しい。

「生憎《あいにく》、ただ今、父は不在でございます」

凛とした声に、伊年は我に返って目を瞬いた。うっかり見惚れていたらしい。

「申し訳ありません。本日は、急な用がございまして……」

と膝を折り、頭を下げた冴に対して、伊年はあわてて体の前で両手を振った。

「いや、こっちゃこそ……ひとこと言うてから訪ねたらよかったたんで……近所やし

……また、改めて出直さしてもらいます」

しどろもどろに言い訳し、踵《くびす》を返した伊年の背中を冴の声がぴしりと打った。

「お待ちください」

伊年は、叱られた子供のように首をすくめて振り返った。

「用件は存じあげております。ご案内するよう申しつかっておりますので、どうぞこちらへ」

と言うなり、返事も待たず、先にたって廊下を歩いてゆく。

――なんでや？

伊年はすくめたままの首を器用にひねった。光悦の娘・冴は、会うたびになぜかいつも怒っている。いや、他の人に応対しているときは怒っているようでもないので、つんけんしているのは、伊年に対してだけなのだろう。

伊年の側では、冴を怒らせるようなことをした覚えは、小指の先ほどもない。

（どないなっとるんやろ？）

伊年としては、もう一度器用に首をひねるばかりだ。

「こちらです」

怒ったような冴の声に、伊年はあわてて後を追いかけた。

中庭に面した奥の間に案内された。はじめて光悦と顔を合わせた書院造りふうの客間だ。

敷居の上で、伊年はぴたりと足を止めた。

部屋の中央、漆の黒が目に美しい文机《ふづくえ》の上に、巻物が一巻置いてある。

「どうなさいました？　どうぞ、中へ」

冷ややかな冴の声に背中を押されて、伊年は覚悟を決めた。

部屋の中に足を踏み入れ、文机の前に正座する。

「拝見さしてもらいます」

一礼して、巻物に手を伸ばす。指先がかすかに震えていた。

巻物を開いた瞬間、伊年は思わず、あっと声を上げそうになった。

鶴が飛んでいた。

水辺に佇む鶴たちが羽を広げて飛びあがり、絵巻の中を自由に飛びまわっている――。

自分で描いた下絵だ。驚くようなことはない。

そのはずだ。しかし。

伊年は慌てて絵巻の続きを広げた。右手で見終えた箇所を巻き取りながら、順に絵巻を広げてゆく。

飛びまわる鶴たち……いったん画面から見切れ、すぐにまた画面に連続して降りてくる……波間の上を滑空し……金泥の雲の間……ふたたび波打つ岸辺……水辺に舞い降り……水に足を浸して休息する……。

たしかに、そうだ。間違いない。これは俺が描いた鶴の絵だ。

ほんの数日前まで、全身全霊、文字どおり寝食を忘れて、この絵を描いていた。金銀泥のみを用いて、連続する鶴の姿を描いた。

立つ鶴二十九羽。飛ぶ鶴百十羽。全部で百三十九羽。

一羽一羽、全部ちゃんと覚えている。見間違えるとしたらその方がどうかしている。だが。

何かが違っていた。いったい何が？

伊年はもう一度絵巻を巻き戻した。

食い入るように鶴が飛びまわる様を眺めて、ようやくそのわけを理解した。

光悦の文字の効果だ。

光悦が絵巻に書き入れた「三十六歌仙《さんじゅうろつかせん》」の名前と和歌が、伊年が描いた鶴の動きを強調し、鶴たちが自由に飛びまわる印象を強くしているのだ。

たとえば光悦は、書き始めの文字の位置を鶴の飛翔に合わせて上下させることで見る者の視線を自在に操っている。わずかに行を左に傾け、鶴の動きに合わせて左へ左へと目を誘う横展開の文字配置、さらに文字の大小、線の強弱、肥瘦が、鶴たちの動きの効果を高めている。

それだけではなかった。

伊年はあることに気づいて、危うく絵巻を取り落としそうになった。

光悦は、百三十九羽の鶴の目鼻の位置に一つたりとも文字をかぶせて書いていない。伊年が描いた鶴の図案を、光悦はあくまで生きた物として扱っている。だからこそ、絵巻を見る者は、そこに描かれた鶴たちがあたかも生き物として自在に飛翔し、水辺に佇み、また互いに鳴き交わしているように思うのだ……。

光悦は、伊年が描いた鶴の絵の意味を完全に理解したうえで、さらに伊年の意図を発展させる形で文字を書き加えている。伊年が鶴の絵で投げかけたメロディーラインを、光悦はまるごと引き受け、書（文字）でフレージングして投げ返してきた。

まさしく、絵と書による相互作用《セッション》だ。

伊年は呆然とした。

こんなふうに自分の絵を理解してくれる者がいるとは思わなかった。こんなふうに誰かと世界を共有できるとは、いまの今まで想像さえしていなかった。

この世界は自分の内で完結している。自分が見ている世界は自分だけのもの。死ぬまで自分という世界から一歩も出ることはない。漠然とそんなふうに思っていた……。

「もし」

遠くで声が聞こえた。

顔を振り向けると、いつのまにか冴がすぐ隣に座っていた。白磁《はくじ》のような頬が、手を伸ばせば届く距離にある。

「もし」

冴は形の良い眉をひそめ、今度ははっきりと非難を滲ませた声で伊年に言った。冴の視線をたどると、伊年の手から巻物の片方の端が転がりおちていた。

ああっ。

伊年は我ながら間抜けな声を発して、あわてて巻物の端を拾い上げた。

丁寧に巻き取り直して、文机の上に戻す。

あらためて冴に向き直った。

「父が、これをあなた様に差し上げるように、と」

冴は、やはり険しい表情のまま、袱紗《ふくさ》に包んだ品を伊年に差し出した。

「光悦どのが？　わたしに？　なんやろ？」

見当もつかず、伊年は首をひねりながら袱紗を広げた。

「伊年」の印。

光悦の文字だ。

胸がどきりとした。心の臓の打つ音がはっきりと聞こえる。

伊年は一瞬、自分は死ぬのではないかと思った。

死ななかった。

「……使わしてもらいます」

頭を下げ、やっとの思いでそれだけ口にした。

顔を上げると、冴が呆気にとられたような表情で伊年を見ていた。何だか妙な感じだ。考えてみれば、怒っていない冴の顔を見るのははじめてだった。

「なんどす？」

「えっ？　あっ、別に……。ただ……なんで泣いてはるんやろ、と思うて」

冴は戸惑ったように言った。

泣いている？

伊年は自分の顔に手をやった。

目から、涙があふれ出ていた。

「ほんまや。おかしいな……。なんで泣いとるんやろ？」

伊年はへらりと笑い、己の袂でごしごしと涙を拭った。

自分でも不思議だった。

涙が出るほど嬉しかったのは、たぶん、うまれてはじめてのことだった。

十二　阿国ふたたび

奥の作業場から、伊年がバタバタと足音をたてながら駆け出してきた。表に通じる暖簾《のれん》をはねあげ、そこで足をとめる。

見世に並べた扇をつまらなそうに眺めていた女の客が、ゆっくりと振り返った。紫の頭巾《ずきん》に、やはり紫の桔梗柄の着物。胸元に当今京《とうこん》で流行《はやり》の派手なロザリオと金の十字架をぶらさげている。

女の客は伊年に目を細め、

——久しぶりやなァ。

と重い絹織物の手触りを思わせる滑らかな声で言った。

おくにだ。

いや、出雲阿国と呼ぶべきか。

伊年はとっさに何と言って良いのかわからず、阿呆のようにぽかんと口を開けて突っ立っている。

今し方。

「見世に妙な客がきている」

という声が聞こえて、伊年は描きかけの絵筆をとめた。

作業場では、扇づくりの職人たちが手を動かしながら小声でしゃべっている。いつものことだ。が、普段なら仕事中の伊年の耳には、周囲の話し声など絶対に入ってこない。そのときにかぎってなぜ気になったのか？

虫が知らせた、というほかない。

「けったいな女の客でな。声をかけたら、こ
ばかにしたように鼻先で笑いよった」

最近雇った若い扇職人が苦々しげに言うのを聞いて、伊年はどきりとした。気がついたときには、絵筆を投げ出して廊下を駆け出していた——。

「えー……久しぶり、やなあ」

伊年はやっとの思いで、それだけ口にした。

くすりと笑った阿国が、ふと眉を寄せた。小首をかしげて歩み寄り、伊年の顔をじろじろと眺めまわす。

ふうん。

と阿国は独り合点したように頷いた。そうして、

「あんた、顔が変わらはったな」

と妙なことを言った。そういえば、最初に阿国に会ったときも、

――なるほどなぁ、そんな顔……。

と言われた気がする。

伊年がとまどっていると、阿国は目を細めるようにして、

「ええ顔になった」

と続けた。

よくわからないが、褒《ほ》められたらしい。

「……おおきに」

伊年は口の中でもぞもぞと礼を言い、それから、ようやく阿国にまともに目をむけた。

変わった、というなら阿国の方だろう。

いや、むしろ少しも変わらない、というべきか。

最初に会ったのは、たしか十三、四年も前の話だ。阿国はとっくに三十歳《みそじ》を超えているはずである。

世間的には大年増《おおどしま》。

女としての盛りをとっくに過ぎている年齢だ。が、日々踊りで鍛えているためであ

ろうか、手入れの行き届いた容姿と指先まで制御されたきびきびとした動きはいかにも若々しい。二十歳の娘といってもとおるくらいだ。何より、目の前の阿国からは眩しいような華やかさが感じられる。

若い扇職人が「妙な客」と言ったのは、たぶんそのせいだ。思わず声をかけたのも、こばかにしたように鼻先であしらわれて、むくれて作業場に戻ってきたのも、阿国の魅力があってこその話だろう。

阿国は胸元の十字架に手をやり、指先で弄《もてあそ》びながら、

「こないだから、また天神さんでやっとるさかい、いっぺん観に来ておくれやす」

と、蠱惑《こわく》的な笑みを口元に浮かべて言った。

得意先への挨拶まわり、ということか？

ははあ、と間の抜けた返事をしたあとで、伊年は首をかしげた。

こないだから？　また？

またも何も、北野の定舞台でずっと踊っていたのではなかったのか？

疑問に思いつつ、そう言えば前に一度観にいったことがある。舞台が終わったあとで会いに行ったが、どうしても会わせてもらえなかった——。

そんな話をすると、阿国は心底呆れた顔になった。

「あんた、それ、いつの話や？」

「いつ、って……」

言われてみれば、あれからだいぶん経った気がする。四年？　五年？　もっと前だったか？

指を折って数える伊年の姿に、阿国が思わず、といった様子でふきだした。

「やっぱり、面白いひとやなァ」

けらけらと笑いながら阿国はそう言うと、いくらか真面目な顔に戻って、

この何年かは一座を率いて各地を巡業していた。京に戻ったのは数年ぶり。――と口元に笑みを残したまま目を伏せた。薄く開けた瞼の隙間から、上目づかいに、

「京におらんことにさえ、気づいてもろてへんかったとはなァ。あても自分が思てるほどの人気やなかったゆうことや」

と聞こえよがしに呟き、芝居がかった様子でため息をついた。

「近ごろは四条河原の遊女歌舞伎《ゆうじょかぶき》がえろう人気やそうやさかい、あてのことなぞ覚えてのうても、無理もない話やわなぁ」

と流し目をくれれば、伊年はしかし、呆気にとられたように目をしばたたかせている。

「四条河原の？　ゆーじょ、かぶき？」

伊年はキョトンとして呟いた。話がまるで通じない様子だ。

これには阿国の方が唖然とするしかない。

「遊女歌舞伎、知らんのかいな？　しばらく前から四条河原にこや掛けして、連日ぎょうさん人を集めとる……」

伊年は、やはり首をひねるばかりだ。

数年前。

「出雲阿国一座」は、突如、北野の定舞台をたたみ、地方巡業に旅立った。天下一のかぶきをどりが絶大な人気を博し、連日の大入り興行を続けていたさなかである。

さまざまな噂が京のまちに流れた。

予想外の人気が出たことで一座のあいだで揉めごとが生じた。いや、たんに北野天満宮とのもともとの契約期間が切れただけだ。同じ舞台を続けて京のひとびとに飽きられる前に興行を打ち切った。あるいは、すでに人気に陰りが見え始めていた、と諸説入り乱れて理由ははっきりしない。中には、

江戸幕府の介入の結果だ。

という説もある。

いずれにせよ、人気絶頂のさなかに出雲阿国一座が京を離れ、地方巡業に赴くのと

前後して京で人気となったのが、四条河原に現れた「遊女歌舞伎」であった。

「遊女歌舞伎」の舞台に立つのは遊女（娼婦《しょうふ》）たちだ。六条三筋町《みすじまち》の遊里《ゆうり》（娼館《しょうかん》）で働く彼女たちにとって舞台は顔見せの場であり、遊里にとっては客寄せのデモンストレーションの場でもあった。

当時の「遊女歌舞伎」を描いた屏風絵には、舶来《はくらい》の珍しい虎皮やヒョウ皮、あるいは孔雀の羽で飾り立てた椅子に腰を下ろし、そのころ最新の楽器であった三味線《しゃみせん》をかき鳴らす遊女たちの姿が描き込まれている。

服装は奇抜。

扇を翻《ひるがえ》し、なまめかしく踊る彼女たちの姿は、まさに「袂をかへす扇の風に、匂ひは四方にかうばし」の言葉どおり「脂粉《しふん》漂ふ」〝おしろいくささ〟を湛《たた》えている。

「浄土の遊楽」ならぬ「遊楽の浄土」を求めていた世の男たちが、鼻の下を伸ばしてせっせと四条河原に足を運んだのは想像にかたくない。そこからさらに、金に飽かせて六条三筋町に通い詰めた者も少なくなかったはずだ。

シテ方が面をつけずに演じる「女能《おんなのう》」はじめ、阿国一座の演出をそっくりそのまま真似た「遊女歌舞伎」はたちまち京を離れた阿国一座にとって代わってカブキの代名詞になった（著作権などという面倒なものはない時代だ）。

いまでは、京のひとびとのあいだでカブキといえば真っ先に四条河原の「遊女歌舞伎」を連想するまでになっている。

きょうもきょうとて、日が暮れりゃ、
朱色のあかりに、きもそぞろ
いくにいかれぬ、ゆじょかぶき

遊女歌舞伎の流行ぶりは、京童が口ずさむ手鞠歌《てまりうた》にさえ登場する始末だ。「俵屋」に雇われた若い職人たちの間でも知らぬ者はないはずだ。「遊女歌舞伎」と聞いて、気まずそうに、あるいは忌ま忌ましげに舌打ちをして、そっぽをむく者もあるかもしれない。が、それは個人の事情である。

ところが、伊年は――

この数年、遊女歌舞伎はおろか、周囲の出来事はほとんど何ひとつ、耳にも目にも入っていなかった。

いいいいいや、それどころではなかった、

といった方がぴったりくる。

「なんせ、仕事が忙しゅうて……」

伊年は申し訳なさそうに首をすくめ、口の中でぼそぼそと、しなくても良い言い訳をしている。

「仕事、ねぇ」

阿国はあしらうように嘯《うそぶ》き、見世の棚に並んだ扇を一本選んでとりあげた。その扇を己の顔の脇ですらりと開き、

「仕事いうのは、これのことかいな？」

と唇の端に嘲るような笑みを浮かべて訊いた。

広げた扇は、伊年が絵付けしたものではない。店の若い職人が描いたものだ。「松に雪」。悪くはないが、伊年が描く絵と比べれば格段に品《しな》が下がる。そのくらいは、扇を一目見ただけで、阿国にはわかる。わかっていて、意地悪で訊ねた。

「そやない。その扇のことやのうて……」

案の定、伊年は顔を赤くし、慌てた様子で手をふった。

「いまはちょっと……扇の仕事からは離れとる」

「へえ。ほな、いまは何の仕事をしとるんや？」

阿国が知りたいのは、まさにその点だった。

訊ねられるまま、伊年はこの数年の自分の仕事を阿国に話した。

嵯峨野に印刷所を開いた角倉与一と本阿弥光悦の誘いで、国書活字印刷「嵯峨本」

の版木摺り下絵を手掛けるようになった次第。

伊年の下絵は光悦の文字や宗二の変わり料紙とともに京のまちで評判となり、成り行き上、最近は色紙や短冊の絵付け仕事も多くこなしている。さらに――。

「いまは、絵巻や」

伊年はそう言って、妙なぐあいに唇をとがらせた。

最初の依頼は六年前。伊年が十三メートル半にも及ぶ横長の絵巻料紙に直接下絵を描き、その下絵に合わせて光悦が和歌を書いた。

「鶴下絵三十六歌仙和歌巻《つるしたえさんじゆうろつかせんわかかん》」

依頼主である裕福な京の商人は、届けられた和歌巻を見て腰をぬかさんばかりに驚愕した。自分で注文しておきながら、まさかこれほど凄まじい代物《しろもの》ができあがってくるとは想像だにしていなかったのだ。かれはこの絵巻を同好同趣の者たちに見せてまわり――要は、自慢してまわり、思いどおりの羨望《せんぼう》と尊敬を勝ち得た。となれば、これまた当然の成り行きとして、同種の依頼が、角倉与一経由で伊年たちにもたらされることになる。

さすがに〝片《かた》っ端《ぱし》から引き受ける〟というわけにはいかなかった――そんな簡単な仕事ではない。

それでも〝俵屋伊年直筆下絵・本阿弥光悦直筆文字〟の組み合わせで、これまでに何点かの和歌巻を仕上げてきた。

たとえば、

「四季草花下絵古今集和歌巻《しきそうかしたえこきんしゅう》」

縦約三十三センチ、長さ約九メートル二十センチ。やはり極端に横長の画面に、伊年は金銀泥だけを用いて四季の移り変わりを描き込んだ。

最初は、金泥を使った竹。新年を祝う図柄だ。竹の幹の極端なクローズアップ。ここまで視点を寄せて竹の幹だけを描いた図柄は珍しい。竹節のいちばん太い箇所は幅十三センチを超える。縦三十三センチの画面で、幅十三センチだ。巻物に顔を近づけすぎると、一瞬何の絵なのかわからない。絵巻特有の横長の画面を逆手にとった、見る者をあっと驚かせる画面構成だ。

次に来るのは、春を告げる梅。金泥の枝に銀泥の梅の花。鑑賞者の度肝をぬく最初の竹のクローズアップに比べれば至極真っ当な図案——かと思いきや、いったん画面うえに見切れた梅が枝は、ふたたび画面に現れると、筆の勢いもそのまま、するすると画面左方向に延びる、延びる、なおも延びつづける。絵巻を繰る者が、いったいこの梅が枝はどこまで延びていくのか？　と、驚き、呆れた先に咲く、躑躅《つつじ》の花。

夏を表す躑躅の場面では、絵は一転、光悦の文字の背後に下がる。鑑賞者は、金銀泥の躑躅の花をバックに、のびやかな光悦の書を存分に楽しむことができる。

最後は秋の蔦。下絵と文字が軽快に交じり合い、互いが互いを引き立てるようにして絵巻は進み、巻末に捺《お》された光悦の黒角印《こつかくいん》と伊年の丸朱印《まるしゅいん》をもって和歌巻は終了する。

――まるで、目でジャズを見ているようだ。

とは、「四季草花下絵古今集和歌巻」を直《じか》に目にした研究者が、開口一番、口を揃えて発する感想だ。一度見始めれば、息をつく間もなく最後までひっぱられてゆく――それほど緊張感にあふれた画面展開である。

作品から感じられるのは、恐ろしいまでの緊張感。と同時に、伊年と光悦、二人が感じていたであろう楽しさがひしひしと伝わってくる。

一筆一筆、生命のやり取りをしている。

切れ味鋭い日本刀を構えた二人の男が、至近距離で刀を振りながら、お互い見事な体さばき、刀さばきで紙一重でかわしつづけて瞬《まばた》きひとつすることもない。そんな、ぞくぞくするような場面が頭に浮かぶ。

伊年と光悦。二人が存分に筆をふるう場を提供したのが、きらびやかな平安料紙を復活させ、さらに工夫をかさねた紙屋宗二だ。

一流のビジネス・コーディネーターとしての角倉与一の存在も忘れることはできない。――

伊年はさっきとは別の意味で顔を上気させ、訊ねられるまま夢中で阿国に語ったのは、おおよそそんな内容であった。

「そや」

伊年は急に思いついた顔になり、バタバタと見世の奥に駆け込んでいった。

すぐに戻ってきて、

「これが、光悦はんがつくってくれた印や」

と得意げに鼻をすすって阿国に見せた。

「伊年」の丸印。

直径二寸弱（五センチ）ほどの大きさだ。

本阿弥家に完成した「鶴下絵三十六歌仙和歌巻」を見にいったあの日、光悦の娘・冴から差し出された。

せっかく光悦が用意してくれた「伊年」印を、伊年はしかし、結局、絵巻には捺《お》さずに帰ってきた。

走り過ぎた。

甘え過ぎた。

帰り道、そのことに気づいて、かっと頬が赤くなった。

ジャズの演奏で言えば、勝手にソロをとって吹きまくったサックスにピアノとベースが上手に合わせてくれたといった感じか。

鶴下絵に「伊年」の印を捺すのは、さすがに気恥ずかしかった。

その後、いくつか作られた俵屋伊年直筆下絵・本阿弥光悦直筆文字の〝特製和歌巻〟は見る者を驚嘆させた。

――この世にこんな美しいものがあったのか。

絵巻を目にした裕福な京の町衆たちは口を揃えて、伊年・光悦の仕事を褒めたたえた。

ここまでは、まず予想どおり。

光悦、伊年、また宗二や与一にしても、力を尽くした仕事を正当に評価されて悪い気がするはずもない。皆、まんざらでもない顔をしていたはずだ。

ところが、そこから話はいささか妙な方向に転がっていった。

〝特製和歌巻〟を目にした者たちから、角倉与一に対して「自分にも同じものをつくってほしい」という依頼が殺到したのだ。

と言われても、「鶴下絵三十六歌仙和歌巻」や「四季草花下絵古今集和歌巻」のような大画面、異常な集中力を必要とする作品は、立て続けに引き受けられる仕事ではない。ひとびとが目にしているのは、つまるところ、光悦と伊年の〝命懸けの勝負〟

の結果なのだ。

与一が生涯の仕事と定めた国書印刷物「嵯峨本」を差し出すと、かれらはしかし一様に首を横に振り、「版画活字印刷ではなく、下絵・和歌ともに直筆の一点ものが欲しい」「そのためには、金ならいくらでも出す」といってきかない。

思案の末、与一がたどり着いたのが、豪華特装版「嵯峨本」の製作だった。

下絵・和歌ともに直筆一点もの。

ただし絵巻のごとき大画面でない製本であれば、伊年、光悦、料紙を揃える宗二にも負担は少ない。一方で、活字印刷によって生じるひずみに頭を悩ませていた与一にとっても、豪華特装版「嵯峨本」のアイデアは渡りに船といえた。

豪華特装版「嵯峨本」は、求める側と作り手双方が望む折衷案だったというわけだ。

伊年の直筆下絵、光悦の直筆文字、紙の継ぎ箇所に「紙師宗二」の印を捺した豪華特装版「嵯峨本」が出まわると、世の裕福な者たちは奪い合うようにこれを求めた。

当時のある公卿の日記に、

〝金銀泥と墨がともにあることを無上の悦《よろこ》びとするがごとく生気にあふれ、美しさに光り輝いている〟（やや意訳）

と、いささか酔ったような文章で記された豪華特装版「嵯峨本」は、京のまちで知らぬ者なき流行品となった。

〝これをもっているか否かで、文化人としての格がちがってくる〟

とさえいわれたほどだ。

伊年のもとには、宗二から次々と料紙が届けられた。様々な色の染め紙。うちくもり。飛雲。継ぎ紙。箔加工。いずれも宗二が命懸けで工夫した結果だ。

それらの料紙に、伊年は依頼主の求めに応じて適当と思われる下絵を無数の図案の中から選んで描き、光悦のもとに届ける。光悦が文字を書きくわえた料紙を与一が引き取り、ふたたび〝紙師〟宗二とともに製本して依頼主に届ける。その繰り返しだ。

依頼は引きも切らない。

「おかげで近ごろは、扇屋の仕事にはさっぱり手がまわらん。ほんま、やれやれや」

そう言って首をすくめる伊年の横顔に、阿国は目を細めた。

――なるほどなぁ、それで……。

ふと、以前、伊年を無理やりおさえつけて、たっぷりと墨を含ませた筆で顔を描いたことを思い出した。

くすりと笑うと、伊年はきょとんとした顔になった。

「ん？　なんぞ、おかしなこと言うたかいな？」

真剣に訊ねる伊年の様子に、阿国はたまらず袂を上げ、顔を隠して笑い出した。

伊年は、呆気に取られて目をしばたたいている。

阿国は袂で顔を覆い、肩をふるわせて笑いつづける。その口元に寂しげな笑みが浮かんでいることに、伊年は気づかない。

＊

数年ぶりに北野天満宮に阿国が帰ってきた。

境内に色とりどりの「天下一」の幟がひるがえると、大勢の京のひとびとが北野を訪れた。

舞台を観た通人のなかには「以前よりも格段によい」という者も少なくない。

伊年も、阿国が訪ねてきたすぐあとに、北野に「出雲阿国一座」を観に行った。伊年の目にも、舞台はかつてより洗練され、観客を楽しませる演出になっているように見えた。

伊年が観た舞台は能仕立て。演能、謡本が流行する世相に合わせたものだろう。

舞台ではまず、かぶき者の姿をした若い女たち——男髷に覆面、朱鞘の大太刀、珊瑚の数珠や十字架を首にかけ、腰には華やかな瓔珞《ようらく》（宝玉の飾り）——が現れ、かつて阿国が京で大流行させた「昔かぶき」を演じてみせる。彼女たちのかぶきをどりが最高潮に達した瞬間、意外な場所から、意外な声が聞こえる。

——自分を招いたのは、お前たちか。

誰もが一度聞いたら忘れない、特徴ある声。

阿国だ。

舞台に見入っていた観客たちが左右を見回すと、男装の阿国が自分たちの側、客席のあいだに設けられた通路に立っている。

阿国は素早く舞台に駆けあがり、見得《みえ》を切って、名乗りを上げる。

——我は名古屋山三《なごやさんざ》の亡霊である。

おおっ、と客席のあいだからどよめきが起きる。

名古屋山三。

武勇、遊芸にすぐれた美男の誉《ほまれ》高い伊達男《だておとこ》。慶長八年、家康が征夷大将軍になった頃、男伊達の喧嘩で若くして命を落とした伝説の傾奇者《かぶきもの》である。

昨今、京のまちでは「山三と阿国は恋仲であった」という噂がまことしやかに流れていた。

舞台にあがった名古屋山三の亡霊（に扮した阿国）は、阿国（に扮した別の女。いささか複雑だ）に呼びかける。

——自分を招いたのはお前なのか、阿国？

ここから舞台上では、山三と阿国の恋の問答がつづく。

いくつもの障害を乗り越え、やっと恋が成就した直後、二人は死によって永遠に隔てられる。

……いささか出来過ぎた恋物語《ラヴ・ストーリー》だ。

京のまちに流れる噂も、おそらく阿国一座が仕組んだものだろう。とはいえ、笑いあり、涙あり。最後は華やかな踊りで締める演出は、以前に伊年が観た舞台と比べて、はるかに洗練され、舞台としての完成度があがっている気がした。

それでも、北野の阿国一座が、四条河原の遊女歌舞伎にうつったひとの流れをひきもどすことはできなかった。連日「大入り」がつづく遊女歌舞伎にくらべれば、客席に空席が目立つのは否めない。

いったい何が理由だったのか？

京の阿国ファンならずとも「権力者（幕府）の介入があったのではないか？」と疑いたくなろうというものだ。

理由はいくつか考えられる。

たとえば遊女歌舞伎には客を魅了する〝新しい音〟があった。

当時、中国から琉球《りゆうきゆう》（沖縄）を経由して日本に伝来した三味線だ。

三味線が奏でる音色は、京のひとびとがそれまで聞いたことのない新しい音だった。ちょうど、戦後の日本の若者たちが〝聞いたことのない〟エレキギターの音に夢中になったように、京の若者たちは遊女らが並んで奏でる三味線の音に熱狂した。

ところが阿国一座では、三味線の音色は一切聞かれなかった。座長である阿国が拒絶したからだ。

三味線はもともと〝蛇皮線《じゃびせん》〟と書き、表に蛇の皮を張った楽器だが、堺を経由して京に伝わる過程で、入手困難な蛇皮ではなく、犬や猫の皮を用いるようになった。

「俵屋」を訪ねてきたとき、伊年は阿国の紫の着物の裾に白い毛がついているのに気づいた。

伊年はかつておくにと一夜をともにしたさい、白猫を見た。おくにが唯一心を許している相手のようであった。

阿国が三味線を拒絶したのは、たぶん、あの白猫が理由だろう。

それにしても、だ。

三味線の音をさしひいても、遊女歌舞伎と阿国一座とでは舞台上で披露される芸のレベルが格段にちがう。

かたや素人芝居、かたや一流の舞台芸術だ。

水は低きに流れる。

悪貨《あっか》は良貨《りょうか》を駆逐《くちく》する。

文化は、享受《きょうじゅ》する側の文化的資質も問われる。京のまちのひとびとの文化レベルが数年前と比べて急速に低下したのではないか、と勘ぐりたくなるほどだ。

尤も、実際には「理由」などというものはなかったのかもしれない。

なぜあるものが一世を風靡して世に流行《はや》るのか？

なぜその流行が廃《すた》れるのか？

理由は誰にもわからない。

「より良いもの」「より優れたもの」が流行するとはかぎらない。

――時代の空気とシンクロした。

それが流行という言葉の意味だ。ただし、同語反復であって、それ以上は何の意味もない。結局のところ、

――空気が変わった。

ということなのだろう。

そう思って、当時描かれた「遊女歌舞伎」の屛風絵を眺めればあることに気づく。

そこには、かつてカブキ者を描いた絵には必ず感じられた一種暴力的なまでの勢いや、活力、狂気といったものが欠け落ちている。舞台で「歌舞伎」を演じる遊女たちの動きや姿勢は、一見派手なようでありながら、限定的で紋切り型。うねるような勢いはもはや見られず、こぢんまりと飼い馴らされている印象だ。

本来〝カブキ〟の語が持っていた、〝我儘御免《わがままごめん》の人……事情かまわず不当にうち興ずる人〟あるいは、〝負け戦を覚悟で立ち向かうカブキ者の面目《めんもく》〟といった乱世的な意味合いは完全に失われ、たんに「珍しいもの。色めいたもの。派手な服装」といった程度に骨抜きされてしまっている。

それこそが権力者（江戸幕府・家康）が意図したものであった――と見るのは穿《うが》ち過ぎであろうか。

戦国の残滓《ざんし》であるカブキの風潮はここに終焉をむかえる。

それが原因だったのか、あるいは結果だったのか、京に戻った「出雲阿国一座」がふたたびかつてのような絶大な人気を博することはなかった。

二度目の北野興行では、阿国一座はわずか半年ばかりで定舞台をたたみ、姿を消すことになる。

阿国が「俵屋」に伊年を訪ねてのち、ほどなくのことであった。

十三　鷹峯

その噂を、伊年は本阿弥家で聞いた。

伊年は慎重に絵巻を広げかけていた手をとめ、顔をあげた。

正面に座った本阿弥光悦に目顔で問い返したのは、

――虚耳《そらみみ》ではないか？

と思ったからだ。あるいは、

――何か聞きまちがったのではないか？

と。

光悦は軽く目を細めるようにして、伊年をまっすぐに見つめている。伊年の反応を、待っている。

どうやら聞きまちがいでも、虚耳でもないらしい。しかし――。

（まさか？　なんで、そんなあほなことが……）

伊年は、ぽかんと口をあけた。

たった今、光悦の口から聞いた話が理解できなかった。

なにも、内容が難しかったわけではない。

光悦は、ただ、

——そう言えば、伊年どのは出雲阿国《いずものおくに》をご存じであったな？

と思いついたように伊年に訊ね、絵巻に手をのばした伊年がうわの空でうなずくのを見て、

——先ごろ、高山右近《たかやまうこん》殿を長崎に見送りに行った者が、マニラ行きの船に乗る一行のなかに出雲阿国らしき者の姿を見かけたそうだ。

と言っただけだ。

話の内容は誰にでもわかる。無論、伊年にも。だが。

高山右近殿を長崎に見送り？

マニラ行きの船に乗る一行のなかに、阿国の姿を見かけた？

…………。

光悦はいったい、い、何を言って、いるのか、か？

いくら考えても、何がなんだかさっぱりわけがわからなかった。

本阿弥光悦は、唖然としている伊年の様子に気づいて訝しげに眉をひそめた。——

話は少し溯《さかのぼ》る。

慶長九年（一六〇四年）、秀吉七回忌に執り行われた豊国臨時大祭において京の町衆が示した狂乱ぶりは、家康にとっては予想外の事態であったこと。また、祭りが終わった後、伏見城にひきこもっていた家康に京の町衆が「風流踊《をど》り」をしかけて、家康が〝おぞけをふるった〟次第は前に書いた。

家康にとっては、よほどショッキングな出来事だったのだろう。

狂乱の「豊国臨時大祭」直後から、家康はカブキ者に対する本格的な取り締まりに乗りだした。そもそも、

〝草履取りが、二度と天下様に成り上がることのない時代〟

を目指す家康にとって、下克上の気配を漂わせて踊り狂う京の町衆の姿は絶対に認めることのできない、淘汰すべきないにものかであった。

もっとも、

〝生き過ぎたりや廿三《にじゆうさん》〟

などと平気でうそぶく命知らずの連中だ。この手の輩《やから》は、上から圧力をかけただけでは反発し、反動でむしろ勢いが盛んになりかねない。

そこで家康はまず、

――今後、かれらのことは傾奇者《かぶきもの》ではなく、徒者《いたずらもの》と呼ぶべし。

というふれを出した。

「行為」は「言葉」によって意味を与えられる。

「カブキ者」ではなく「イタズラ者」。「やくざ」ではなく「暴力団」。

「カブキ」の語がもつ燦《きらめ》きに惹かれる若者たちを、「イタズラ者」と呼ぶことで貶《おとし》め、矮小化《わいしょうか》する。一見迂遠《うえん》なようでいて実に効果的な、ある意味いやらしい、いかにも家康らしいやり方だ。

京のひとびとに絶大な人気を博していた出雲阿国一座が突然京を去ったのと時を同じくして、カブキの風潮は波が引くように静まってゆく。阿国一座が京を離れた理由として、家康の介入があったと噂されるのはこのためだ。

家康（江戸幕府）が次に取り締まりの標的《ターゲット》としたのが、キリシタンであった。

戦国乱世において地方の守護大名がもっとも頭を悩ませ、また手を焼いていたのは、虎視眈々《こしたんたん》と領土を窺う隣国の豪族や地侍の存在ではなかった。

かれらが最も恐れたのは一向一揆《いっこういっき》だ。

領土内に強固な組織を張り巡らせ、守護大名の支配と真っ向から対立する一向宗徒《しゅうと》は、いざとなれば一致団結、武器をとってたちあがり、そして死を少しも恐れない。

極楽浄土を信じるかれらにとって、現世の死など取るに足らぬものであった。

絶望的な状況下でもひたすら念仏を唱えながら抵抗を続ける一向一揆に、戦国大名は一様に手を焼いた。

加賀では守護大名・富樫政親《とがしまさちか》が高尾城《たかおじよう》に追い込まれて自決。以後九十年にわたって一向宗徒が加賀一国を支配した。越前朝倉氏《えちぜんあさくら》しかり。摂津細川氏《せっつほそかわ》しかり。加賀・越中でも一向宗徒は上杉氏《うえすぎ》と激しく争い、いずれも守護大名側の大幅な譲歩を引き出している。

この流れを変えたのが、織田信長だった。

信長は一向一揆を徹底的に弾圧。長島《ながしま》、越前、雑賀《さいが》と戦い、刃向かう者は女子供を問わず、容赦なく皆殺しにした。最後に一向宗総本山・石山本願寺《いしやまほんがんじ》を攻め落とすことで、信長は一向一揆を完全に沈黙させる。

信長が目指す〝天下統一〟のためには、一向一揆はどうしても取り除かねばならない異物であった。逆に、信長の天下統一の野望が途中で潰えたのは、一向一揆との戦いに力を使い過ぎたから、ともいえる。

家康の時代、すでに一向宗はかつての力を失っている。だが、
地上の権力を絶対としない。

という意味では、ポルトガル・スペイン船とともに日本に入ってきた耶蘇教《キリスト》もまた同様の危険をはらんでいた。

信長亡き後、天下統一を果たした豊臣秀吉はその危険性に気づき（あるいは周囲の者

から指摘されて)、たびたび耶蘇教を弾圧した。

が、秀吉には信長のような徹底ぶりはみられない。「見せしめ」的な処罰を科すだけで、「抜け道」をいくつも残している。

おそらくはわざとだ。

殉教者はさらなる狂信的な信者を生む。

人情の機微《きび》に聡《さと》い秀吉はその仕組みに気づいていた。たとえ細かい教義の区別はついていなかったにせよ、だ。

秀吉は、宣教師たちが献上する西洋の新奇な、目を驚かせる、派手な舶来の文物《ぶんぶつ》を好んだ。そういった品々をすべて一掃することは避けたかったのだろう。

秀吉の後を継いだ家康も、当初は貿易の利益を優先する方針だった。

居室に最先端の世界地図を掲げ、ウィリアム・アダムズ(日本名、三浦按針《みうらあんじん》)やヤン・ヨーステン(日本名、耶揚子《やようす》。東京八重洲《やえす》の語源となった)ら外国人を身近に置いて、かれらから話を聞いていた家康は、秀吉などよりはるかに西洋諸国の歴史・政情に詳しい。

旧教《カトリック》と新教《プロテスタント》の違い
アジアにおけるスペインとイギリスの暗闘
二つの東インド会社

西洋人の中国大陸での振るまい
一五八八年にスペインの無敵艦隊《アルマダ》が英国艦隊に敗れた事実も知っていた。

不可知なものへの猜疑心が強く、良くも悪くも矩《のり》を知る人物。

それが家康だ。かれにとっては秀吉の朝鮮出兵など、害多くして得るところの少ない、愚行以外の何物でもない。

朝廷から征夷大将軍に任命された後も、家康はこれまでキリスト教及び宣教師たちに対して態度を保留してきた。

西洋との貿易を続ける利点と、かれらによってもたらされる不利益を天秤にかけてきた。

家康の基準は明白だ。

――キリスト教徒は（地上の権力者となった）自分の命令に従うか、否か？

その一点である。

そんなとき、家康のお膝下・駿府《すんぷ》で「岡本大八事件」と呼ばれる事件が起きた。

慶長十六年（一六一一年）。家康が征夷大将軍の座につき、名実ともに地上の権力を掌握して八年後のことだ。事件そのものはとるに足らない些細《ささい》な贈収賄《ぞうしゅうわい》で、詳細は語るまでもない。

問題は、事件の後。

事件の責任を問われた者たちが切腹（自殺）を拒否した。

——キリシタンは自殺してはならない。

という理由であった。

かれらは結局、火刑および斬首に処されることになるのだが、この些細な事件が家康にある決断をさせた。

慶長十八年十二月、江戸幕府は「幕府禁教令」を発布する。

耶蘇教は全面的に禁止。

かつて秀吉が命じたがごとき「見せしめ」的な禁令ではない。家康は宣教師の布教とともに、一般のひとびとが耶蘇教を信仰する内面の自由にまで踏み込んで、これを禁じたのだ。

一般庶民から大名に至るまで例外は一切認めない。日本国内で布教をしていた宣教師だけではなく、禁令に従わずに棄教を拒否した農民、町民、さらには武家、大名を含む百数十名が国外追放に処されることになった。

国外追放者リストのなかには、元丹波《たんば》八木《やぎ》城主・内藤如安《ないとうじょあん》（忠俊《ただとし》）のほか、元摂津《せっつ》高槻《たかつき》城主・高山右近の名もあった。

………。

そういった経緯を、本阿弥光悦は啞然としている伊年に諄々《じゅんじゅん》と説いてきかせた。

伊年は。──

なおさらわけがわからなかった。

高山右近といえば、武勇優れた戦国大名として名を世に馳《は》せた人物だ。と同時に、利休門下七哲の一人として、京の町衆で知らぬ者なき文化人でもある。

すでに齢《よわい》六十を過ぎている。

その歳で領地を召し上げられ、国外追放処分となる。

日本を捨て、一族郎党を率いてマニラに移り住む。

キリシタン信仰を貫くためだという。

わけがわからない。正気の沙汰とは、とても思えなかった。

が、そんなことはどうでもいい。どのみち、伊年とは一面識もない、どこかの侍の話である。問題は。

阿国だ。

あの阿国が、国外追放となるキリシタン大名・高山右近一行のなかにいた？

マニラ行きの船に乗るところを目撃された？

──そんなことがあるはずがない。

伊年はそう思って、意味もなくへらりと笑った。

見まちがいだ。

そうに決まっている。

自分に言い聞かせた。

ふと、「俵屋」の店先に立った阿国の姿が脳裏に浮かんだ。紫の頭巾に紫の桔梗柄の着物。胸元に当今京で流行の派手なロザリオと金の十字架。

伊年はごくりと唾を呑み込んだ。

あれは、カブキ者の心意気などではなく、キリシタンへの改宗を示していたというのか？

あのとき阿国はすでに、家康がキリシタンへの取り締まりを強めていることを知っていた？　キリシタンである阿国は、近々禁教令が発布されることを聞かされていた？　だから、伊年に最後の別れを言いに来た？　しかし、まさか、そんなことが……。

茫然とする伊年を眺めて、光悦は気の毒そうに首を振った。ふたたび口を開き、

——これは、思いもかけず、とんだ回り道になってしまった。今日、伊年どのに来ていただいたのは、別のことをお伝えするためだったのだが……。

と最後は独り言のように言った。

(別のこと?)

伊年は、考えてというよりは、耳から入ってきた言葉に無意識に反応して、本阿弥

光悦に顔をむけた。

光悦は伊年に軽くうなずいてみせると、いくらか険しい表情になって、

——此度《こたび》、家康殿から鷹峯《たかがみね》知行の下知があった。わが一族は、近々この本阿弥辻子を引き払い、鷹峯に移り住むことになる。

と言った。

伊年は、ふたたび啞然。

開いた口がふさがらない、とは、まさにこのことだ。


鷹峯。

京の北西に位置し、「京七口《きょうのななくち》」の一つに数えられる場所だ。

名前が示すとおり、遥かに京を見下ろす景勝の地として知られる。

京と丹波をつなぐ街道沿い。

〝用心あしき、辻切《つじきり》・追いはぎをもする所あるべし〟

といわれる辺境——要はいなかだ。最近はいくらか違ってきているようだが、「一条より北、朱雀《すざく》より西」は洛外と見なす京のひとびとにとっては僻地《へきち》以外のなにものでもない。

当代きっての京の文化人、本阿弥光悦が僻地鷹峯に移り住む？

いったい何のために？

伊年は言葉が見あたらず、ぽかんと口を開け、目をしばたたいていると、本阿弥光悦はやや表情を緩め、事の次第を説明した。

実は一年ほど前にも、家康から内々に、

——江戸幕府のお膝下で文化振興に努めるのは如何か。

との打診があった。

形こそ打診だが、「江戸に移り住め」との命令だ。

光悦はしかし、すでに高齢であることを理由にこれを断った（このとき光悦、五十七歳）。同時に、家康に対して自ら別のことを申し出た。

——京に居あき申候間、辺土に住居仕度由。

光悦が申し出た内容を現代語風に置き換えれば、

「京には住み飽きたので、どこか田舎の土地を自分に与えてくれないだろうか」

となる。

むろん、本心ではない。

家康も光悦も、本心を言葉にあらわさない言外の取引をしている。

カブキ者、キリシタン、と順に異物を排除してきた家康の次のターゲットが文化、文化人だった。

美や文化を希求する文化人は、「地上の権力を意に介さない」という意味において、究極のところで宗教者に近づく。たとえば利休が切腹を命じられたのも、かれが秀吉の地上の権力を絶対視しなかった（できなかった）からだ。

本阿弥光悦は、京の上層町衆文化を代表する人物である。新たな地上の権力者となった家康が、文化人・光悦に警戒心を抱くのは蓋《けだ》し当然だった。家康は、魑魅魍魎《ちみもうりょう》が跋扈《ばっこ》する京のまちから光悦を引き離し、江戸に呼び寄せて監視下におこうとした。

それが江戸移住打診の意味だ。

光悦にも家康の意図はわかっている。

江戸への移住は論外。だが、このまま京に居続ければ、家康の疑念・疑惑を招き、あげく利休の後を追うはめになりかねない。

そこで折衷案を出した。

「江戸には行かない」、ただし「今後は田舎に住み、京とは距離を置く」。

それが光悦が家康に申し出た移住願いの裏の意味だ。

もっとも光悦は、伊年に対して裏表の事情をすべて話したわけではない。

伊年に話したのは表向きの理由だ。

——鷹峯の地に一族郎党・知人・工人・職人らを呼び寄せ、みなが自由に仕事ができる環境をととのえたいと思う。

そう言った光悦は、やや声をひそめ、何人かの名前をあげた。
筆屋《ふでや》妙喜《みようき》
蒔絵師《まきえし》土田《つちだ》宗沢《そうたく》
金箔屋《きんぱくや》喜三郎《きさぶろう》
塗物師《ぬりものし》藤十郎《とうじゆうろう》
紙屋宗二
いずれも当代一流の工人・職人たちだ。光悦の心酔者《しんすいしや》であるかれらは、すでに光悦とともに鷹峯に移り住むことを表明しているという。
伊年は、話についていくだけで精一杯だった。
光悦の構想は、権力者（家康）の思惑を逆手にとって鷹峯という新天地に〝理想の芸術村〟をつくり上げようというものだ。この時代の日本で、否、世界を見まわしても、こんなことを思いつくのは光悦くらいなものだろう。光悦の思考の自由さ、独自性には驚かされるばかりである。
光悦はひとしきり事情を話した後、伊年の目をのぞき込むようにして、
――伊年どのも一緒に鷹峯に来てはもらえないだろうか。
と言った。

――新たな仕事をはじめるには、よい機会だと思うのだが。

えっ、と伊年は思わず声を上げた。

本阿弥光悦とともに鷹峯に移住する。

話を聞きながら、伊年はその可能性をまるで考えていなかった。

名人といわれる工人・職人たちとひとつ村で暮らし、意見を交換しながら、作品をつくってゆく。なにより本阿弥光悦の意見を、常に身近に聞くことができる……。

目の前がくらくらするほど魅力的な提案だった。

頭の中ではさまざまな思いが、ものすごい勢いで飛び交っている。

与一の仲介で本阿弥光悦と仕事をするようになって以来、伊年はわきめもふらず一心不乱に仕事をしてきた。

国書活字印刷本の版下下絵制作からはじまった光悦との共同作業《コラボレーション》は、様々な豪華特装版「嵯峨本」を経て、「鶴下絵三十六歌仙和歌巻」「四季草花下絵古今集和歌巻」などの絵巻物、短冊・色紙の類は両手の指で数え切れないほどだ。

最初に本阿弥光悦の書（文字）を目にしたときの衝撃はいまでも忘れられない。

あれから何年になる？

九年？　十年？　いや、もっとか？

光悦との仕事で、自分では思いもかけなかった高みに連れてきてもらったという感覚がある。光悦の文字で「伊年」印もつくってもらった。

世話になった恩人だ。

その光悦から、
鷹峯で一緒に理想の芸術村をつくろう。

と誘われている……。

伊年の手から巻物の片方の軸が転がり落ちた。

背後で、あっ、と小さく女の声があがった。

光悦の娘・冴だ。

部屋の隅に控えて二人の話を聞いていた冴は、転がり落ちた巻物にとっさに手を伸ばした。が、光悦が小さく首を振り、

――そのまま。

と、目顔で娘の動きを制した。

伊年の手から転がり落ちた巻物の端がころころと転がり、床の上に絵が広がる。

描かれているのは、鹿の絵だ。

枝分かれした見事な角を頭上にいただく若い牡鹿《おじか》が誇らしげに顎を引き、すらりとした四肢を伸ばして、軽やかに駆けてゆく。それほど急いではいない。馬術でいうところの鹿足《ししあし》だ。

川辺で水を飲む鹿の群れに合流した牡鹿は、やがてまた群れを離れ、今度は速度を上げて跳ねるように駆け出す。首を振りあげ、見事な角は背後に倒れる。

その先に、背中を丸めて足下の草を食《は》む独特のポーズの鹿図――伊年がかつて厳島神社で平家納経見返しに描いたものと同じ鹿の姿だ。

そこへ、意外な方向から別の二頭の若い牡鹿が駆けこんでくる。

三頭となった若い牡鹿は、足なみをそろえて金色の土坡《どは》の上を全速力で駆ける。後ろ足が宙を流れる。

土坡はやがて斜面となり、その先に、山かげに半《なか》ば体を隠すように二頭の年嵩《としかさ》の鹿が待っている。――

用いられているのは金銀泥のみ。

絵巻巻末の土坡の上に、丸く「伊年」の朱印が捺されている。

伊年版「百鹿図」ともいうべき巻物下絵は、最初の絵巻で試みた「百鶴図」と一対をなし、金銀泥絵に水墨画の技法を取り入れた自信作だ。

その「鹿下絵」に光悦が書いたのは、『新古今和歌集』から秋の歌ばかり二十八首。細かな動きのある鹿の下絵に誘われたかのように、光悦の文字はいちだんと自由に「散らし書き」されている。

全速力で鹿が駆ける場面では、文字の行はあたかも鹿の走る姿に合わせるかのよう

る……。

平家納経見返しと同じ形の鹿の角には「月」の文字がひっかかっているように見えに傾き、流れる。


伊年の目の前には、以前に観た阿国の舞台の幻が浮かんでいる。

軽やかな舞い。

そのまま宙に駆け出していきそうな、不思議な動きだ。

頭のなかを、ごうっ、と音を立てて一陣の風が吹き抜けていった。

扇が空に舞っている。

どこで見た景色だったか？

青空を背景に、金扇、銀扇がひらひらと舞い落ちてきて、息を呑むほど美しい。

「ぼんさんにも、エエかげんしっかりしてもらわんと」。番頭の喜助の小言が耳元で聞こえる。「今日からうちの子や」。隣に立って手をつないでいる男の顔を、伊年は振り仰ぐ。「なんも心配せんでもええ」。男はそう言って、にこりと笑う。白い光があふれ、まぶしくて目を開けていられない。

——ああ、そうか……そうやったな。

我知らず呟いた声で、伊年は夢想《ゆめ》から覚めた。

気がつくと、手から巻物の軸が転がり落ちて床の上に長く伸びていた。

伊年が鹿の下絵を描き、光悦が和歌を書いた、奇跡的なコラボレーションだ。

伊年は巻物をゆっくりと、丁寧に巻き直して、文机《ふづくえ》の上に置いた。

あらためて、本阿弥光悦にむきなおる。

光悦は口を閉ざし、背筋をのばして、伊年の返事を待っている。

部屋の隅から、冴がきらきらとよく光る目で見つめていた。振り返らずとも、視線が背中に痛いほどだ。

伊年は両手を膝の上にのせた。

顎をひき、背筋をのばして、本阿弥光悦の視線を、たぶん会ってはじめて自分からまっすぐ見返した。

切れ長の聡明そうな光悦の眼差しが、伊年を静かに見つめている。

──鷹峯への移住お誘いの件、
両手を床のうえに移し、ゆっくりと頭をさげる。

──折角ですが、お断り申し上げます。

伊年は、低い、だが、はっきりとよく通る声でそう言った。


（下巻〈雷の章〉につづく）

本書は二〇一七年八月、小社より『風神雷神　風の章』
として刊行されたものを改題し一部加筆いたしました。

|著者| 柳 広司　1967年生まれ。2001年、『贋作「坊っちゃん」殺人事件』で第12回朝日新人文学賞を受賞。'09年『ジョーカー・ゲーム』で第30回吉川英治文学新人賞と第62回日本推理作家協会賞を受賞。著書に『新世界』『ザビエルの首』『ロマンス』『キング＆クイーン』『ナイト＆シャドウ』『怪談』『幻影城市』『象は忘れない』『二度読んだ本を三度読む』『太平洋食堂』『アンブレイカブル』などがある。

風神雷神《ふうじんらいじん》(上)
柳《やなぎ》 広司《こうじ》

講談社文庫
定価はカバーに
表示してあります

2021年3月12日第1刷発行

発行者——渡瀬昌彦
発行所——株式会社　講談社
東京都文京区音羽2-12-21　〒112-8001
電話 出版 (03) 5395-3510
　　販売 (03) 5395-5817
　　業務 (03) 5395-3615

デザイン—菊地信義
本文データ制作—講談社デジタル製作
印刷———大日本印刷株式会社
製本———大日本印刷株式会社

Printed in Japan

ISBN978-4-06-522186-0

講談社文庫刊行の辞

二十一世紀の到来を目睫に望みながら、われわれはいま、人類史上かつて例を見ない巨大な転換期をむかえようとしている。

世界も、日本も、激動の予兆に対する期待とおののきを内に蔵して、未知の時代に歩み入ろうとしている。このときにあたり、創業の人野間清治の「ナショナル・エデュケイター」への志を現代に甦らせようと意図して、われわれはここに古今の文芸作品はいうまでもなく、ひろく人文・社会・自然の諸科学から東西の名著を網羅する、新しい綜合文庫の発刊を決意した。

激動の転換期はまた断絶の時代である。われわれは戦後二十五年間の出版文化のありかたへの深い反省をこめて、この断絶の時代にあえて人間的な持続を求めようとする。いたずらに浮薄な商業主義のあだ花を追い求めることなく、長期にわたって良書に生命をあたえようとつとめるところにしか、今後の出版文化の真の繁栄はあり得ないと信じるからである。

同時にわれわれはこの綜合文庫の刊行を通じて、人文・社会・自然の諸科学が、結局人間の学にほかならないことを立証しようと願っている。かつて知識とは、「汝自身を知る」ことにつきていた。現代社会の瑣末な情報の氾濫のなかから、力強い知識の源泉を掘り起し、技術文明のただなかに、生きた人間の姿を復活させること。それこそわれわれの切なる希求である。

われわれは権威に盲従せず、俗流に媚びることなく、渾然一体となって日本の「草の根」をかたちづくる若く新しい世代の人々に、心をこめてこの新しい綜合文庫をおくり届けたい。それは知識の泉であるとともに感受性のふるさとであり、もっとも有機的に組織され、社会に開かれた万人のための大学をめざしている。大方の支援と協力を衷心より切望してやまない。

一九七一年七月

野間省一

講談社文庫 最新刊

藤井太洋
ハロー・ワールド
僕は世界と、人と繋がっていたい。インターネットの自由を守る、静かで熱い革命小説。

江上 剛
一緒にお墓に入ろう
田舎の母が死んだ。墓はどうする。妻と愛人の狭間で、男はうろたえる。痛快終活小説!

原 雄一
宿命
〈國松警察庁長官を狙撃した男・捜査完結〉
警視庁元刑事が実名で書いた衝撃手記。長官狙撃から8年後、浮上した「スナイパー」の正体とは。

本城雅人
時代
仕事ばかりで家庭を顧みない父。彼が息子たちに伝えたかったことは。親子の絆の物語!

三國青葉
損料屋見鬼《けんき》控え 1
見える兄と聞こえる妹が、江戸の事故物件に挑む。怖いけれど温かい、霊感時代小説!

中田整一
四月七日の桜
〈戦艦「大和」と伊藤整一の最期〉
戦艦「大和」出撃前日、多くの若い命を救う英断を下した海軍名将の、信念に満ちた生涯。

柄谷行人
柄谷行人対話篇Ⅰ 1970－83
デビュー以来、様々な領域で対話を繰り返し、思考を深化させた柄谷行人の対談集。第一弾は、吉本隆明、中村雄二郎、安岡章太郎、寺山修司、丸山圭三郎、森敦、中沢新一。
978-4-06-522856-2
かB18

柄谷行人・浅田 彰
柄谷行人浅田彰全対話
二〇世紀末、日本を代表する知性が思想、歴史、政治、経済、共同体、表現などの諸問題を自在に論じた記録——現代のさらなる混迷を予見した、奇跡の対話六篇。
978-4-06-517527-9
かB17

宮本　輝　新装版 二十歳《はたち》の火影《ほかげ》
宮本　輝　新装版 命　の　器
宮本　輝　新装版 避暑地の猫
宮本　輝　新装版 ここに地終わり 海始まる（上）（下）
宮本　輝　新装版 花の降る午後（上）（下）
宮本　輝　新装版 オレンジの壺（上）（下）
宮本　輝　にぎやかな天地（上）（下）
宮本　輝　新装版 朝の歓び（上）（下）
宮城谷昌光　俠　骨　記
宮城谷昌光　夏姫春秋（上）（下）
宮城谷昌光　花 の 歳 月
宮城谷昌光　重《ちょう》耳《じ》（全三冊）
宮城谷昌光　介《かい》子《し》推《すい》
宮城谷昌光　孟嘗君　全五冊
宮城谷昌光　春秋の名君
宮城谷昌光　子　産（上）（下）
宮城谷昌光　湖底の城〈呉越春秋〉一
宮城谷昌光　湖底の城〈呉越春秋〉二
宮城谷昌光　湖底の城〈呉越春秋〉三
宮城谷昌光　湖底の城〈呉越春秋〉四
宮城谷昌光　湖底の城〈呉越春秋〉五
宮城谷昌光　湖底の城〈呉越春秋〉六
宮城谷昌光　湖底の城〈呉越春秋〉七
宮城谷昌光　湖底の城〈呉越春秋〉八
宮城谷昌光　湖底の城　九
水木しげる　コミック昭和史1〈関東大震災～満州事変〉
水木しげる　コミック昭和史2〈満州事変～日中全面戦争〉
水木しげる　コミック昭和史3〈日中全面戦争～太平洋戦争開始〉
水木しげる　コミック昭和史4〈太平洋戦争前半〉
水木しげる　コミック昭和史5〈太平洋戦争後半〉
水木しげる　コミック昭和史6〈終戦から朝鮮戦争〉
水木しげる　コミック昭和史7〈講和から復興〉
水木しげる　コミック昭和史8〈高度成長以降〉
水木しげる　総員玉砕せよ！
水木しげる　敗　走　記
水木しげる　白　い　旗
水木しげる　姑《クー》　娘《ニャン》
水木しげる　決定版 日本妖怪大全〈妖怪・あの世・神様〉
水木しげる　ほんまにオレはアホやろか
宮部みゆき　ステップファザー・ステップ
宮部みゆき　新装版 震える岩〈霊験お初捕物控〉
宮部みゆき　新装版 天狗風〈霊験お初捕物控〉
宮部みゆき　I《イ》CO《コ》―霧の城―（上）（下）
宮部みゆき　ぼんくら（上）（下）
宮部みゆき　新装版 日暮らし（上）（下）
宮部みゆき　おまえさん（上）（下）
宮部みゆき　小暮写眞館（上）（下）
宮子あずさ　看護婦が見つめた人間が死ぬということ
宮子あずさ　看護婦が見つめた人間が病むということ
宮子あずさ　ナースコール
宮本昌孝　家康、死す（上）（下）
三津田信三　忌《い》館《かん》〈ホラー作家の棲む家〉
三津田信三　作者不詳〈ミステリ作家の読む本〉（上）（下）
三津田信三　蛇《じゃ》棺《かん》葬《そう》
三津田信三　百《ひゃく》蛇《じゃ》堂《どう》〈怪談作家の語る話〉
三津田信三　厭魅《まじもの》の如き憑くもの
三津田信三　凶鳥《まがとり》の如き忌むもの

三津田信三　首無《くびなし》の如き祟るもの
三津田信三　山魔《やまんま》の如き嗤《わら》うもの
三津田信三　水魑《みづち》の如き沈むもの
三津田信三　密室《ひめむろ》の如き籠《こも》るもの
三津田信三　生霊《いきだま》の如き重《だぶ》るもの
三津田信三　幽女《ゆうじょ》の如き怨むもの
三津田信三　シェルター　終末の殺人
三津田信三　ついてくるもの
三津田信三　誰かの家
三津田信三　忌《い》物《ぶつ》堂《どう》鬼《き》談《だん》
道尾秀介　カラスの親指〈by rule of CROW's thumb〉
道尾秀介　水の柩
深《み》木《き》章《あき》子《こ》　鬼畜の家
湊かなえ　リバース
宮内悠介　彼女がエスパーだったころ
宮乃崎桜子《みやのさきさくらこ》　綺《き》羅《ら》の皇女《ひめみこ》(1)
宮乃崎桜子　綺羅の皇女(2)
村上　龍　愛と幻想のファシズム(上)(下)
村上　龍　村上龍料理小説集

村上　龍　村上龍映画小説集
村上　龍　新装版限りなく透明に近いブルー
村上　龍　新装版コインロッカー・ベイビーズ
村上　龍　歌うクジラ(上)(下)
向田邦子　新装版　眠る盃
向田邦子　新装版　夜中の薔薇
村上春樹　風の歌を聴け
村上春樹　1973年のピンボール
村上春樹　羊をめぐる冒険(上)(下)
村上春樹　カンガルー日和
村上春樹　回転木馬のデッド・ヒート
村上春樹　ノルウェイの森(上)(下)
村上春樹　ダンス・ダンス・ダンス(上)(下)
村上春樹　遠い太鼓
村上春樹　国境の南、太陽の西
村上春樹　やがて哀しき外国語
村上春樹　アンダーグラウンド
村上春樹　スプートニクの恋人
村上春樹　アフターダーク

村上春樹　佐々木マキ絵　羊男のクリスマス
村上春樹　佐々木マキ絵　ふしぎな図書館
村上春樹　糸井重里　夢で会いましょう
村上春樹・文　安西水丸・絵　ふわふわ
U・K・ル＝グウィン　村上春樹訳　空飛び猫
U・K・ル＝グウィン　村上春樹訳　帰ってきた空飛び猫
U・K・ル＝グウィン　村上春樹訳　素晴らしいアレキサンダーと、空飛び猫たち
U・K・ル＝グウィン　村上春樹訳　空を駆けるジェーン
T・ファリッシュ著　B・ルート絵　村上春樹訳　ポテト・スープが大好きな猫
群ようこ　いいわけ劇場
村山由佳　天翔る
睦月影郎　密通妻
睦月影郎　快楽のリベンジ
睦月影郎　快楽ハラスメント
睦月影郎　快楽アクアリウム
向井万起男　渡る世間は「数字」だらけ
村田沙耶香　授乳
村田沙耶香　マウス
村田沙耶香　星が吸う水

講談社文庫　目録

講談社文庫　目録

2020年12月15日現在